脳髄工廠

のうずいこうじょう

小林泰三

こばやし やすみ

KOBAYASHI YASUMI

目錄

出版緣起

恐怖（Horror）是絕佳的娛樂

獨步文化編輯部

人類爲什麼愛讀恐怖小說，愛看恐怖電影？

一手打造二十世紀之後最廣爲人知的恐怖小說世界觀「克蘇魯神話」的美國作家H.P.洛夫克拉夫特曾經說過，「人類最古老而強烈的情緒，是恐懼；最古老而強烈的恐懼，是對未知的恐懼。」可是在畏懼的同時，我們卻又忍不住要去揣摩想像，那未知的彼端究竟有些什麼在蠢蠢欲動著。也因此，人類自古以來，就不停地講述恐怖、描寫恐怖、觀看恐怖，乃至於享受恐怖。就像「百物語」這個耳熟能詳的遊戲，明知講完一百個鬼故事，吹熄一百根蠟燭後，可能就會有某種未知的存在到訪，但人們仍然熱中於此，樂此不疲。這種害怕並期待著；恐懼並享受著的複雜情緒，不正是恐怖永遠是絕佳的娛樂的證明嗎？

許多作家長年以來持續地描寫這股「古老而強烈」並且十分複雜的情緒，成爲了歷久不衰的文學類型，當然在日本也不例外。從歷史悠久的江戶時代怪談，到現在的小說到漫畫，從電影到電玩，各種恐怖（Horror）相關產品不停出現，持續演化，成爲日本大眾文化重要的組成元素，和推理小說並列爲日本大眾文學的台柱。許多台灣讀者熟悉的作家，如：京極夏彥、宮部美幸、小野不由美等等，也都發表過許多精采絕倫、引人入勝的恐怖小說。藉由他們的努力，恐怖小說也不斷地進化、蛻變，展現出各種不同的風貌。

將好看的小說介紹給台灣的讀者，一直都是獨步文化最重要的經營方針。早在創社之初，獨步便已經有了經營日本恐怖小說的計畫。和推理小說同樣有著長遠歷史以及多元發展的日本恐怖小說，所帶來的樂趣完全不遜於推理小說。在數年的努力之下，多采多姿的日本推理小說在台灣已經獲得了許多讀者的喜愛與肯定，我們認為現在正是邀請台灣的讀者來體驗另外一種同樣精采迷人的閱讀樂趣的好時機。

在經過縝密的規畫後，獨步推出了全新的恐怖小說書系——「恠」。引介了最當紅的日本恐怖小說家，非讀不可的經典恐怖小說，期望帶給你一種宛如夏夜微風，輕輕拂過頸後的閱讀體驗。

總導讀

你的後面或許有人，那又怎樣呢？

曲辰

且讓我假設你現在是獨自一人坐在房間裡翻看這篇導讀，那麼，我懇求你，暫時放下這本書，閉上眼睛，傾聽你所能聽到的最細微的聲音。

想像一下，那些爬搔聲、撞擊聲、腳步聲或是隱隱的呼吸聲究竟來自哪裡。你眞的確定那些聲響來自窗外嘛？或者是你以爲是浴室的漏水聲，其實是個人正緩緩潛入你家，躡手躡腳地企圖進你的房間呢？

H. P. 洛夫克拉夫特說：「人類最古老又最強烈的情緒是恐懼，最古老而又最強烈的恐懼則是對未知的恐懼」，這邊的未知可不僅止於你從未去過的歪扭小鎭，畢竟你怎麼知道閉上眼睛你的房間到底還是不是原來的樣子？

於是，爲了探索你閉上眼睛後這個世界的樣貌，恐怖小說誕生了。

裸體美婦脫掉了那層皮，成爲一個骷髏

有人認爲，小說的來源起自於古老的時代人們圍坐在火堆邊講故事的形式，想像一下那個畫面，似乎很容易理解爲什麼小時候參加營隊總會有個晚上莫名其妙輪流講起鬼

故事，然後在一陣戰慄中結束彼此嚇自己的行爲。恐怖小說的起源或許就是這樣的。

在西方文類而言，恐怖小說（horror fiction）一般來說都是自哥德小說（註）（gothic novel）開始劃分，畢竟具備「不斷探索邊界」意義的哥德小說，本身就有展現未知之境的功能，進而演化出「讓人感到恐怖的虛構小說」這樣的定義。也因此我們可以說西方的恐怖小說誕生自「一個威脅性的祕密，一個古老的詛咒，以及奇妙的大宅，與纖細的女主角」這些哥德式的要素，從而構成了日後西方恐怖小說的基本條件，也就是你總是要「觸犯」某個結界似的空間，你才遭遇到恐怖。

要在此說明的是，「恐怖小說」如果我們稱之爲一種文類（literary genre），似乎是一種外來的類型文學，但就像奇幻小說（fantasy）先以外來文類的姿態進入華文世界（如《龍槍編年史》、《魔戒》等西洋文本），讀者在理解這些文本是被劃分到「奇幻」這樣的文類範疇的同時，也針對某種內在特徵相符的概念（如「超現實」、「人神共處」）繼而回溯到如《封神演義》、《西遊記》這類的中國古典小說脈絡中。但在台灣，講到「恐怖小說」，應該所有人都會聯想到如《聊齋誌異》之類的中國特有文學類型。

日本也是一樣，早在「恐怖小說」（ホラー）這個詞出現之前，屬於日本自身的恐怖形式就已經存在了。

註：Gothic最早是指日爾曼民族中的哥德人，後逐漸變爲中古時期的形容詞，十八世紀時，理性主義與啓蒙運動影響了英國，所以文學作品多半具有強烈的現實性，這時哥德小說成爲對抗那種理性主義的存在，於是不管是不是把背景設定在中世紀，都可以看見如同夢魘一般的恐懼感，裡頭充滿了對於異世界的探討與渴望。

撬開棺材，一個嬰兒正蜷縮在母親屍骨上沉沉睡去

日本恐怖小說的前行脈絡大致可分爲三種。

一是日本從室町幕府以來就有的「百物語」傳統，大家聚集在一起講鬼故事，據說講滿一百個鬼故事就會有不思議之事發生，後來更進入通俗讀本之中，並轉進歌舞伎、落語等等大眾娛樂發展；一是佛教的傳入，僧侶們爲了講述艱澀的教義，因此擷取佛經中的譬喻，結合日本原有的風土民情，創作出屬於日本在地的教喻故事（註一），特別是佛教的因果思想與日本原有的泛靈信仰（註二）合流，許多帶有靈異色彩的口傳故事開始流傳開來；最後是文人創作，如淺井了意《伽婢子》或上田秋成《雨月物語》，他們一方面承襲了佛教的因果輪迴觀點，一方面改寫中國的志怪小說，將之書面化、在地化，催生了屬於日本的恐怖書寫形式。

但眞正在二十世紀初對這樣的恐怖脈絡進行總整理的，則是一個希臘人Patrick Lafcadio Hearn，他比較爲人所知的名字是「小泉八雲」。他以一個外來者／異邦人的視角，敏銳地發現上述脈絡，於是對當時盛行的恐怖書寫形式進行整理，結合書面與口傳文學的特色，「翻譯／改寫」成英文發表出去。而後翻回日文，進而對日本自身的恐怖小說傳統造成影響。

也就是在他的總結中，怪談有別於歐美恐怖小說的部分被凸顯出來，除了西方並未有的強烈因果信仰與「靈」的形式外，與歐美恐怖小說總是喜歡讓主角「誤觸險地」不

同，日本怪談中洋溢著日常性，恐怖本來就存在我們生活周遭，並不是人去刻意闖入的，只是「剛好」碰觸到現世與他世的邊界而已。更重要的或許是，怪談中那種強調「氣氛」而非實質暴力或恐怖行爲的恐怖描寫，日後甚至透過日本恐怖電影（J-horror）反過來影響了歐美的恐怖電影，成爲日本難得「文化逆輸入」的範例。

吃完牛排打開冰箱，男友的頭擱在裡頭正瞪著我

在小泉八雲對江戶以來的怪談傳統進行總整理後，明治末期受到歐美心靈科學流行的影響，怪談又掀起一波熱潮，只是這時怪談逐漸受到理性的壓抑，於是建立了「尋找解釋」的模式，改變了怪談原本不需理由就遭遇恐怖的敘事方法；而後七〇年代流行的心靈節目、靈異照片等等，更讓怪談本身的「怪異」被理性給籠罩了。

於是雖然這段時間流行怪談，但多以鬼故事型態的「百物語」形式出現，幾乎沒有稱得上是虛構文類的「恐怖小說」，這段期間恐怖小說得依附推理小說生存，或反過來說，推理小說成爲培植恐怖小說的土壤。

同樣是恐怖文本的恐怖電影史，曾經被人形容爲「在本質上就是二十世紀的焦慮史」，恐怖小說也是，這個文類其實準確地反映了當代人的集體恐慌。所以九〇年代初期，由於泡沫經濟與當時的社會主義大崩壞，因此那個「解決可能性」（一切社經相關問題皆有可能解決）的時代已經過去了，取而代之的則是「解決不可能性」（一切問題皆不可能解決）的時代逐漸露出。加上八〇年代史蒂芬．金被翻譯進入日本，在某些閱

註一：這種形式在中國唐朝時期就有了，我們稱之爲「講唱」，後來更成爲宋朝時期的「說話」。
註二：一種信仰形式，並非一神或多神，而是相信凡物皆有靈，凡靈皆可成妖怪或神。

讀族群中獲得相當強烈的歡迎與反應，日本才開始書寫「現代恐怖小說」。

日本文藝評論家高橋敏夫認爲，我們在「搭乘現代社會這個交通工具時偶然地與恐怖小說共乘」，恐怖小說中描繪的非眞實場景正巧形成了一個相對於現世的參照系統。於是日本現代恐怖小說在承襲了怪談傳統同時，也針對現代人的感性結構反映了現代社會的情況，描寫那些潛伏於日常生活的細節、在習以爲常的城市角落發生的恐怖，過去從未見過的人際疏離、科技恐慌、對宗教與心靈的質疑，在這個時候都陸續進入恐怖小說中。

而在一九九三年角川成立恐怖小說書系以及恐怖小說大獎，「恐怖小說元年」正式成爲宣傳詞，於是日本恐怖小說開始在出版市場有著一席之地。

地球上最後一個活人獨自坐在房間裡，這時響起了敲門聲

如今，二十一世紀都過了第二個十年了，日本恐怖小說的類型也益發多樣化。怪談方面，由京極夏彥與東雅夫在《幽》雜誌上提倡的「現代怪談」運動正如火如荼，京極不僅積極賦予傳統怪談現代風味與意義，也積極地創作「在日常的都市縫隙中遇到非常的怪異」的現代怪談；木原浩勝與中山市朗則復古地學習「百物語」，到處收集鬼故事並改寫成「新耳袋」系列，兩邊可以說是從不同方向延續了怪談這種日本文類的命脈。

現代恐怖小說方面，角川的恐怖小說大獎則繼續在挖掘具有現代感性的優秀恐怖小

說(註)，不僅有帶有科幻風味的貴志祐介、小林泰三、瀨名秀明，強調日式民俗感的岩井志麻子、坂東眞砂子，走獵奇風格的遠藤徹、飴村行，或是強調現代清爽日式風格的朱川湊人、恒川光太郎。創作遊走在各種類型之間的恐怖小說家也愈來愈多，三津田信三在推理與恐怖之間架起了高空鋼索，走在上面展現他精湛的說故事技巧；藤木稟則是將日式奇幻的華麗色彩結合西方的哥德原鄉進而開創屬於自己的風格。到這階段，日本的恐怖小說可以說是應有盡有。

講鬼故事有一個基本技巧，就是在聲音愈壓愈低的時候，要忽然拔高，喊著「那個人就在你後面」，用氣勢震駭聽眾。可是如今的恐怖小說，早就沒那麼簡單了，「你的後面有人」是前提，接下來會發生什麼事，才是重點。

就像在名爲恐怖小說的森林地上長滿了眞菌一般，乍看陰沉而茫濛，但當你習慣了夜色、找到對的觀看角度，才會發現他們款擺出誇張、陰濕、幽微、鮮艷、各式各樣不同的顏色與姿態，而那些東西加總起來，就是我們內心所不欲人知的那一半世界。

猜猜看，閉上眼睛後，你的世界會變成怎樣？

曲辰，現居打狗，認爲推理小說與恐怖小說剛好是現代文明的一體兩面，所以都要攝取以保持營養均衡。不過被恐怖電影嚇到時，會惱羞成怒地抱怨導演技巧拙劣，看到太可怕的恐怖小說會在晚上的夢中把結局扭轉，這樣才能保持身心的健康。

註：其實這個獎本身就有很傳奇的事件，從第一屆開始，就有「單數屆的恐怖小說大獎一定會首獎從缺」的都市傳說，一直到第十三、十四屆連續從缺才打破這個紀錄。不過到了去年的第十八屆又從缺，不知道會不會之後變成偶數屆從缺。

1

腦髓工廠

雖然有些模糊，但少年還記得第一次對父親頭上的「腦髓」產生質疑的事。

父親總是既親切又溫柔地呵護少年，他也由衷地愛著父親。每天只要父親一到家，少年就會高興地衝上前去，讓父親抱著他轉圈圈。

母親也是十分出色的人。她有時對待少年很嚴格，有時則讓他盡情撒嬌。

少年十分滿足於自己這個猶如書中描繪般的理想家庭。

然而，那一天，少年心中產生了一股強烈的不協調感。

父親的頭上有個自己沒有的奇怪東西。

那東西當然不是那天突如其來出現的，過往一直都在。只是因爲太過理所當然，少年視而不見罷了。

那是個從頭部凸了出來而且歪斜扭曲的大型金屬塊狀物體，位置橫跨父親的頭頂到頭部的側面，大小約有一個拳頭大。離開頭皮的部分粗粗地伸展開來，尾端有著數個像是齒輪的轉盤，間歇地發出閃亮的七彩光芒，有時會快速轉動，有時則是斷斷續續地轉著。

少年相當清楚那東西並非只是單純地裝在父親頭部而已。父親的頭皮被大幅撕裂，那東西深深地嵌在裡頭。父親的臉孔雖然看起來溫柔又堅強，那個詭異的塊狀物體卻令少年非常不舒服。

被父親抱在懷中的少年輕輕地碰了一下那塊東西。

傳來了一股溫暖的感觸，以及輕微的脈動。

不行亂摸，一旁的母親出聲制止了少年的行動。

但是，父親和藹地笑了，「『腦髓』是很重要的東西，所以不可以隨便亂碰喔。」

少年實在太小了，不知道忍耐這回事。他向父親的「腦髓」伸出手，摸了摸那些轉盤。

他喜歡轉盤轉動時擦過手指的感覺，然後他不由自主大力地按下轉盤。

響起了喀嚓喀嚓的聲音，轉盤開始空轉。

嗯……咕咕，父親發出了聲音。

少年以為父親在開玩笑，高聲地笑著，更用力按下轉盤。

父親的表情凝結了，然後睜大了雙眼。

接著翻了白眼。

父親口中像火山爆發般地噴出白沫，全身不停顫抖，抱著少年往後倒去。

「碰！」的好大一聲，父親的後腦杓狠狠地撞上地板。

因為父親的身體吸收了衝擊，少年毫髮無傷。

他覺得父親的身體充滿彈性好像座墊一樣。

母親尖叫了起來。

她硬是將少年從父親身上扯了下來。

父親的雙手像是環抱著他似地凍結住了。

父親的「腦髓」持續著令人厭惡的喀啦喀啦聲。

以爲轉盤要停下時，又開始急速地轉了起來，不停地反覆著這個狀況。

少年爲了滿足好奇心，又想碰觸父親的「腦髓」。

這時他感受到一股宛如閃電的力量，將他拋到地板上，接著母親用力地甩了他耳光。

她全身顫抖地哭泣著，不停質問少年，爲什麼要對父親做這麼過分的事情。

少年到這時才意識到自己做了多麼令母親憤怒的過分事情。

父親躺在地板上，四肢不停揮舞。

對不起，他只能吐出這句話。

母親背對著他，無言地用力壓著父親的身體。

她的頭上也有著發出七彩光芒的「腦髓」。

很久以前，在少年尚未出生時，有一個想法支配了法律界。

「犯罪者不該被處罰，而是被矯正。」

有良知的人原本就不該相信性惡說，性善說才是美好而且值得相信的。因爲人類本來就美好良善的想法，令人安心。既然如此，就沒必要對這個想法感到猶豫。人性本善是個多麼美好的想法啊。

然而儘管如此，犯罪卻仍舊無法根絕。

這究竟是什麼原因？難道性善說是錯誤的？還是有什麼東西扭曲了人類善良的本

性？

性惡說遠比性善說更能解釋這種狀況，但是人們努力堅持理想，試著建立可以說明這個悲慘現實的理論。

也就是說，因爲環境的關係讓人類善良的本性惡化，才會鋌而走險，犯下罪行。這麼一想就全都吻合了，無論是多麼凶惡的犯罪者，本性都是善良的。只是惡劣的環境令他們不得不走向做惡的道路。

以這個理論來看，懲罰犯罪者根本就是錯誤的。本性善良的人類之所以成爲犯罪者，都是環境的關係；換句話說，他們根本就是環境的犧牲者。他們需要的不是處罰，而是讓他們找回善良本性的矯正方式。

因此只是徒然讓犯罪者痛苦地坐牢，抹煞他們存在的死刑都被取消了，改爲實施矯正犯罪者的計畫。

矯正計畫有了成果，許多犯罪者找回了善良本性，重新被社會接納。但是，就是會有一些人無論怎麼矯正，總是立刻再次犯罪。

關於這一點，大致上有三種看法。

第一種是認爲與矯正犯罪者時的質與量有關。這個看法的支持者主張，應該採用長期且量身打造的矯正方法。

第二種是認爲世上仍舊存在著本性邪惡的人類。這個想法的支持者非常少，再加上這種想法也隱含著有些人的本質就是和他人不同的歧視味道，一般人通常不敢將其宣之於口。

第三種則是將第二種看法和性善說加以整合的改良想法。無論如何改變矯正的時間或方法，就是有很多人怎麼樣都無法消除犯罪傾向；然而他們的本質應該還是善良的。既然如此，他們又為什麼會做惡？那不光只是外在環境的問題，一定是因為他們內在環境扭曲了他們的本質。

所謂的內在環境也就是腦內環境。他們的腦欠缺正常的均衡，因此良善的本質便遭到扭曲和傷害，他們也是某種被害者。他們並非出於自由意志選擇做惡，而是腦部的構造使得他們不得不這麼做。

這個想法因為能夠順利結合性善說和犯罪率持續升高的現實狀況，很快就獲得包括法律界在內的各界支持。

然而，這時候如何處理犯罪者便成了問題。

因為原因不是外在環境，那麼透過一般的矯正計畫，他們也無法找回善良的本性。但是也不能因為他們的腦部不均衡便施加伴隨痛苦的處罰，這是違反人權的。

眾人選擇的方法是，矯正犯罪者的腦部環境。

人們徹底調查犯罪者的腦部，分析他們的特質後，逐漸了解到腦部特定部位的狀態和犯罪傾向有所關聯。這種部位分布在腦內各處，並且有著強烈的連帶關係，無法透過單純的手術或是化學療法加以矯正。

因此人們開發出了人工腦髓，當做解決方法。這當然不是真正的腦，也並非用來代替腦的東西。而是將它插入腦內，藉此讓腦內各種迴路能夠正確均衡運作的道具。

像是性侵案件累犯的性欲中樞支配了他的腦部，凌駕了掌管理性的前額葉。而人工腦髓會在性欲中樞異常活躍的時候，除了抑制性欲中樞的活動外，同時讓前額葉更加活化，讓裝置者的行動回復正軌。

人工腦髓當然不是只活化前額葉。人類需要休閒和娛樂，若是經常壓抑欲望，只以理性支配行動的話，會累積過剩的壓力，造成腦部疲勞帶來精神問題，甚至陷入錯亂。人工腦髓也能夠自動調節，避免這種過剩的壓抑。這種調整必須配合個人的腦部狀態精密進行，是需要透過熟練技術和長年經驗培養出來的直覺的領域。

在犯罪者的腦部插入人工腦髓的法律一提出後，便立刻通過並實施。法官不受犯罪內容影響，一律皆判決要插入人工腦髓。因此審理過程變得有名無實，不知從何時開始，法官成了年輕的基層公務員工作。辯護律師什麼也不做，只是出席當個證人而已。因爲就算是冤獄，也沒有任何實質傷害。就算插入人工腦髓，若是腦內均衡原本就正常，人工腦髓並不會發揮任何作用；也就是對生活沒有任何障礙。不只如此，插入腦髓的人也能讓周遭的人知道自己的腦部常保正常，反而更能令他人安心受到信賴。

結果變成比起沒有犯罪紀錄的一般人，有過前科的人的社會信用反而更好，因爲他們獲得了腦部狀況毫無問題的保證。

國民之間開始出現除了犯罪者之外的人也要裝置人工腦髓的聲浪，進而演變成一個巨大的政治活動。

不久後，裝置人工腦髓的對象從犯罪者擴展到了準犯罪者——也就是，有犯罪徵兆的人身上。

不良少年只要曾經接受過輔導，便會被裝上人工腦髓。他們的腦部會恢復正常的均衡，回到充實的學生生活或是工作狀態。

犯了輕罪的人或是犯下大錯的人也被裝上人工腦髓。就算是小罪，也必須摘除萌芽的犯罪種子；而犯錯的原因顯然是腦部活動不均衡。

就算沒發現任何犯罪的徵兆，言行舉止和他人有所不同者、個性較爲強烈的人也會被裝上人工腦髓。嚴格來說，這些措施已經超出法律的範圍，但是沒有任何人提出異議。整天足不出戶在家打電動的人，大量收集、購買漫畫或錄影帶的人也都被裝上了人工腦髓，他們恢復了正常的均衡，改而親近健康的運動或是優雅的古典音樂，過著正常的生活。

此外，政府也積極地讓沉迷邪教或是有著偏激政治思想的人接受這個措施。

隨著人工腦髓的普及，脫軌者開始從世上消失，社會逐漸變得健全、安寧，充滿秩序。

一旦極端的脫軌者消失之後，稍微和正常標準不一樣的人便變得很顯眼。想要插隊買東西的人，上課時不聽老師的話老在發呆的學生，把太陽塗成黃色的幼兒——他們的腦部都被視爲稍微失去了均衡，必須插入人工腦髓。

因爲擁有正常腦部均衡的人逐漸增加，失去均衡的人便愈來愈顯眼，造成許多人開始懷疑自己是否與他人不同，進而主動提出想要安裝人工腦髓。政府一律接受這類要求，因爲愈多人擁有正常的腦部均衡對社會愈有益。

有些人發現自己的走路方式和他人不同便提出申請，也有人因爲早上很難清醒，而且會想要熬夜所以提出申請。還有人因爲看電視時的感想和家人不同也提出申請。

到最後，接受安裝的人已經不是少數派，而是大多數了。

裁決人工腦髓申請的法官中有人沒裝人工腦髓一事成了問題。沒有人能保證未安裝人工腦髓的人是否有辦法均衡思考。許多國民紛紛開始懷疑這樣的人是否眞有判斷他人大腦的資格，不安的聲浪愈來愈大。

很快地，法官安裝人工腦髓成爲一種義務，接著所有公務員和政治人物也通通必須安裝。

醫師或律師之類的職業雖然沒有安裝的義務，但是不安裝的人無法獲得信賴，實際上沒有安裝人工腦髓的人最後都不得不停止執業了。

其他各種服務業的從業人員也必須安裝人工腦髓。因爲沒有人工腦髓，就無法證明自己能夠正常思考，這是理所當然的要求。

父母則開始仔細觀察自己的孩子。若是比正常標準晚一點、或是早一點開口說話，太快或是太慢學會走路，父母便會懷疑孩子腦中的迴路是不是出了問題，緊接著就會替孩子申請安裝人工腦髓。如今已發展成根本沒有觀察，只要一出生便立刻插入人工腦髓。人工腦髓已經變得太過理所當然，如果只講「腦髓」二字，指的就是人工腦髓。

甚至有學者指出，人類已經進入最後的進化階段。

這些就是少年在學校所學到的「腦髓」歷史。

爲什麼我的頭上沒有「腦髓」呢？

在父親的「腦髓」事件已經過了好幾個月之後，少年腦中驀然湧現了這個疑問。

少年大部分的幼稚園玩伴都已經安裝了「腦髓」，不過還是有不少人和少年一樣沒有「腦髓」。

至於老師，則是毫無例外地每人都有腦髓。來幼稚園的家長也幾乎都安裝了，偶爾也會有極爲少數、尚未安裝的人出現。這時候所有老師便會一直盯著那個家長看，絕不讓對方接觸到自己小孩之外的園童。

「他們一定是覺得不知道天然腦髓會做些什麼事情。」少年的好友說道。

「『天然腦髓』是什麼？」

「就是像你跟我這樣的人。沒有安裝『腦髓』，靠著天生的腦髓生活的人。」

「所以不知道我們會做些什麼？」

「是啊，就是這樣。他們說因爲天然腦髓沒有經過調整，所以有時候會想到一些很過分的事情，會變成大問題。」

「像是什麼？」

「偷東西或是殺人之類的。」

「我才不會做那麼過分的事情。」

「我也是啊。但是被這麼認爲也是沒辦法的。」

「誰說的？」

「我爸媽。」

「爲什麼我們沒有安裝『腦髓』呢？」

「我也不知道。但是我爸媽說，『等你長大了，就讓你裝。』就算本來沒必要裝，但是也得裝，不然就損失大了。」

「嗯……」少年有點懷疑。

回到家後，他問父母爲什麼自己沒有安裝「腦髓」。

「你自己決定要不要裝就好了。」父親如此回答。製造商已經重新調整過「腦髓」，所以父親和以前沒有兩樣。

「自己決定？」

「這個嘛，安裝是比較好。」父親溫柔地回答他，「不過我還是認爲要由你自己決定。雖然現在很流行在嬰兒的時候就安裝，但那樣你就不會知道自己的大腦眞正的狀態了。我覺得理解了自己的大腦狀況，再安裝『腦髓』是很好的經驗。」

「爸爸的意思是要理解眞正的自己？」

「眞正的自己指的是被『腦髓』調整過後的自己，在那之前不是眞正的自己。」

「什麼都沒裝的時候不是眞正的自己嗎？」

「這麼說吧，裸體是人類本來的樣子嗎？人類後來學會穿衣服，體毛消失了。穿著衣服才是人類本來的樣子，『腦髓』也是這樣。」

少年不懂父親的意思，不過因爲暫時還不需要安裝「腦髓」，他不自覺地感到安心。

隔年，少年和好友一起上了小學。

很快地，幾乎所有孩子都安裝了「腦髓」。

有時會有人嘲笑少年的「天然腦髓」，但事情並未發展到霸凌的程度。當然是因爲「腦髓」保持了精神的均衡。

老師也經常提到兩個少年頭部的事情，甚至是非常執拗地問他們，爲何不安裝腦髓。

兩人雖然各自回答了父母親的意見，但是無法接受這些意見的老師將家長叫到了學校。

「等到出了問題就太晚了。」導師一臉擔心地說，「小學是最重要的時期。若不好好地裝上『腦髓』加以矯正，說不定會因爲失去均衡的腦部導致精神出現問題喔。」

「但是現在並沒有任何問題吧。」母親對老師說明，「知道自己大腦在矯正之前的情況也是非常重要的，這是我們家的教育方針。」

「我不知道這樣有什麼意義，不過既然府上有正當理由，那就這樣吧。不過若是發生問題的話，請務必立刻加以矯正。」

到了高年級時，同學之間沒有安裝「腦髓」的人只剩下少年和好友。好友雖然個性有些急躁，不過是個很溫柔的人。兩人總是一起討論彼此未來的人生。

「眞的非得安裝『腦髓』不可嗎？」少年經常提出這個疑問。

「嗯，我想不是非得安裝啦，但是不裝的話就吃虧了，會被別人認爲是怪胎。」好友的回答相當符合一般常識。

「但是幾十年前也不是每個人都裝的。」

「十年前還是個誰都沒有手機的年代，現在沒有手機的人反而比較奇怪。『腦髓』也是一樣的。」

「可是我很懷疑，裝了『腦髓』的自己還是眞正的自己嗎？」

「什麼意思？」

「就是說，眞正的自己是有『天然腦髓』的自己，在裝上人工腦髓的時候，那個人格不就變成天然加上新的人工大腦的人格了嗎？」

「那有什麼不好？天然加上人工後，能夠得到正確的均衡，這時候才會出現眞正的人格啊。」

「眞的嗎？那要怎麼證明？你眞的相信那種話嗎？」

「老實說，我覺得現在的自己才是眞正的自己。」好友盤起手臂說道：

「而且如果再加上什麼東西，就變成是加上了某種東西的自己，此刻在這裡的自己就會消失了。我不知道新的自己會是怎麼樣的人，但是我不討厭現在的自己，所以的確沒有必要特別改變呢。」

少年問過一些已經裝上「腦髓」的同學怎麼看待他和好友的想法。

「我不知道。我在嬰兒的時候就已經裝上了，所以裝上腦髓的自己就是眞正的自己。『腦髓』就像手腳一樣，是我的一部分。」

「我是在上小學時裝的。已經算晚了。不過只是因爲我爸媽嫌麻煩，沒有什麼特別的理由。你問我裝了之後有什麼變化嗎？這個嘛，我其實沒有感覺。只是我家人說比起之前，比較能夠保持精神的均衡了。聽他們這麼說，我就看了他們以前拍的錄影帶，的確很糟糕喔。我會一直要大人給我玩具，講都講不聽，或是一直看卡通完全聽不到別人在說話。現在託『腦髓』的福，已經能夠好好抑制這些問題了，也可以說是我成熟了吧。」

「你們到底是在意什麼呢？也是啦，腦袋裡面插了機器，當然會跟以前不一樣。如果都不會改變的話，那又何必插入『腦髓』？不過你們仔細想一想，就算眞的不安裝『腦髓』好了，你們能夠一直維持這樣的自己嗎？大腦可是透過各種感官不停暴露在外界的情報之下喔，只要有新的情報進來，大腦便會修正迴路。你們的腦中迴路就是這樣每天每天地被改寫喔。既然放著不管也會被改變的話，當然要選擇好的改變啊。拘泥於『天然腦髓』的人實在太蠢了。」

他們的話當然各有道理，然而少年和好友就是無法下定決心。雙親也沒有要求他一定要安裝「腦髓」，就這麼拖拖拉拉地過了幾年，兩人成了中學生。

某天，好友一臉嚴肅地來找少年。

「看來時候終於到了。」

雖然好友省略了主詞，但是少年當然知道他在說什麼。

「你爸媽叫你裝『腦髓』了吧。」

好友點了點頭。

「你打算怎麼做？」

「我說我還不打算裝，但是他們怎樣都聽不進去。我一反抗，就說要聯絡家事法庭進行強制安裝。」

「怎麼會變成這樣？」

「因爲我有點感冒，所以奶奶要我請病假，我說我沒事可以去上課。但是她實在太煩人了，我就不爽地推了她一把。」

「你奶奶受傷了嗎？」

好友搖搖頭，「她只是輕輕地一屁股跌坐在地上，但是受到了很大的打擊。我爸媽一直說要是沒有『腦髓』幫她取得平衡，她早就陷入恐慌狀態了。」

「這也太誇張了。」

「似乎也不是。我奶奶以前還沒裝『腦髓』的時候，經常歇斯底里地發作起來，所以他們說我大概是遺傳到她的問題了。」

「如果是這樣，那是基因的問題，不是你的錯。」

「所以他們才說應該要裝上『腦髓』，因爲顯然我沒辦法抑制自己的衝動。」

「但是你又沒犯法。」

「我老爸說，今天只是摔倒，下次搞不好就讓人受傷了，等到那樣就太晚了。」好友泫然欲泣地說，「喂，如果我眞的改變了，你還願意像以前那樣地跟我往來嗎？」

「嗯。不過……」

「不過？」

「我不知道你願不願意像以前那樣地跟我當朋友。你不會討厭『天然腦髓』的朋友嗎？」

「怎麼可能，我一定不會這樣的……不過雖然這麼說，到時候的我的確不見得就是現在的我。」

「那麼什麼時候要去裝？」

「今天。已經預約好了，放學後要去腦髓師那裡。你可以跟我去嗎？雖然很丟臉，但我有點害怕。」

少年無言地點了點頭。

要在纖細的腦中插入巨大的「腦髓」需要相當熟練的技術和直覺，因此出現了稱爲腦髓師的新資格。因爲同樣都是處理頭部的關係，很多時候都是由理髮師兼任。很多理髮學校也都有取得腦髓師執照的課程，這也是很多人同時擁有理髮師和腦髓師執照的原因。

哐啷哐啷，門鈴作響，兩人推開了理髮店大門。

刺鼻的髮油味道飄了過來。

「歡迎光臨！」氣勢十足的理髮店老闆正在幫客人洗頭，他也身兼腦髓師。「你們是預約的小弟吧，哪一個？」

「我是陪他來的。」

腦髓師笑了起來，「這年頭安裝腦髓還要人陪嗎？都已經是中學生了吧。」

「我不可以陪他來嗎？」少年認眞地問道。

「咦？沒關係，你可以在旁邊看。」腦髓師被少年的氣勢嚇了一跳，「不過這作業很繁瑣，你不要打擾我喔。對了，」腦髓師指著他的頭說：

「你也很晚喔。」

「很晚也無所謂吧。」

「是啊，也不是說晚點裝就不行。只是年紀愈大，大腦的可塑性就會變得愈差，所以得花很多時間習慣。如果是工夫高明的腦髓師，大概只是看東西會變成兩層、講話會口吃、手指頭會隨便亂動而已。所以呢，趁不會發生這些問題時安裝比較好。」

這麼說的腦髓師本人也沒有安裝「腦髓」。腦髓師不會裝上腦髓。過去曾經發生安裝了腦髓的腦髓師插入客戶腦中的「腦髓」後，在調整過程中和腦髓師的運動神經連動，發生了互斥的重大事故。因此，政府決定腦髓師不安裝「腦髓」。「腦髓」的安裝是不可逆的，一旦裝上「腦髓」就不可能繼續當腦髓師了。因此當他們裝上「腦髓」時，就代表放棄了腦髓師的工作。

「這位客人的頭髮馬上就剪完了，你們在那裡等一下。」

前一位客人理髮大約花了半小時。

「好啦，離打烊沒多少時間了，趕快來收拾吧。」腦髓師對店裡面的年輕男人說，「喂，你趕快把這小弟的頭髮剃一剃。」

學徒急忙地拿了剪髮器和剃刀，開始處理好友的頭髮。如果動作太慢，大概會被腦髓師痛罵吧。少年對同樣沒有安裝「腦髓」的腦髓師起了些許共鳴。

「剃好了。」

「給我看一下。」坐在店內一角看報紙的腦髓師一邊用掛在鏡子前的毛巾擦拭了手上的油脂和額頭的汗水，一邊站了起來。

他檢查了好友的頭，「喂！這裡還有沒剃到的！這裡也是。如果我因爲勾到頭髮，讓手指出了錯，你要怎麼辦？只打算說句『對不起！』嗎？如果道歉有用，就不需要警察了。我告訴你，大腦可是非常纖細的。腦髓師是得有長年的直覺才能開始的工作。就算只有一點點沒剃到，也會讓直覺出錯。你給我記清楚！」腦髓師從學徒手上搶過剃刀，開始唰唰唰地剃起剛才沒剃到的地方。

腦髓師的手法相當粗魯，好友的頭皮到處都受了傷，開始滲出血來。他閉上雙眼，忍耐著痛楚。

「好了，就這樣吧。」腦髓師拿了毛巾擦拭好友光頭上的血痕，接著在口袋裡摸索了一陣，拿出像是紅色短蠟筆的東西。然後拿著游標尺測量好友的頭部，在好幾個地方做了記號，「喂，這給你做做看。你知道海馬跟側額葉的交界在哪裡嗎？」

「呃，是這裡嗎？」學徒沒什麼自信地做了記號。

「你還不行。雖然交界的確是在這一帶，但是如果從這裡打下去，會先碰到頭蓋骨的裂縫。這裡看起來不錯，不過有點突出。算了，還是從額上溝下手吧。」腦髓師用拇指尖擦掉了學徒做的記號，在別的地方重新畫上。再用游標尺重新測量各個記號之間的距離，接著他盯著牆上泛黃的數據表看，用手指在空氣中計算著什麼。

「好了，決定了。」腦髓師在距離好友的頭頂正中央有點遠的地方畫了個大大的叉，然後從鏡子旁邊的架上取出幾個「腦髓」。

每一個「腦髓」都被細心打磨過，閃閃發亮。形狀與小蘿蔔相似，在相當於蘿蔔葉的地方並排著轉盤和選鈕。尖端則覆蓋著用來刺穿頭骨的堅硬金屬物。腦髓師一打開開關，轉盤便開始回轉。像是對轉盤起了反應似的，從「腦髓」各處飛出了粗細大小不一的針，並且不停地伸縮。每個轉盤都有各自對應的針，就算是相鄰的針，彼此伸縮的速度和週期也各不相同。屬於同一個轉盤的針也不見得就隔得很近，稀疏地分布在「腦髓」的表面。

腦髓師就像是確認西瓜內部的狀況，在好友的頭部各處砰砰地敲打著，他一邊揮動幾個「腦髓」一邊沉吟著，最後終於下了某種決心似的，抓起其中一個，「就用這個吧。」

腦髓師拿毛巾擦拭「腦髓」的前端，接著將它放在剛才的叉印上，整個人的體重壓了上去。

「好痛！」好友呻吟道。

「小弟，你稍微忍耐一下吧。如果上了麻醉，你就會沒有反應，我就不能調整細節了。要將五百根針準確地放到該放的位置上可不是件簡單的事情。而且大腦本身並沒有痛覺，痛的是皮膚、硬膜、血管之類的，過了喉嚨就沒事了。我要插了！」

腦髓師靠著氣勢硬是把腦髓前端插入了幾公分。

「呃啊！」好友口中噴出白沫。

「大概再往左兩公釐吧。」腦髓師看了好友的反應後，將前端的位置稍微移動了一下，「嗯，就這樣吧。」

好友全身發青，不停地顫抖著。

「喂，今天沒做完也沒關係吧。」少年對好友說道。

好友迷惘地看著腦髓師。

「喂，你該不會害怕了吧。不過我也不是非得要今天弄完不可。只是如果錯過今天，不到下個月是沒辦法預約的喔。這樣一來，你的腦部狀況又會有變化，又得從頭開始。而且還需要另外加錢，怎麼樣？你家裡會出錢嗎？」

好友不停地搖頭。少年不知道那是否定，或是單純的發抖，還是痙攣發作。

「沒辦法，那就現在弄吧。」腦髓師抓起「腦髓」。

好友還在發抖。

「哈！」腦髓師用力壓下腦髓。

發出了一聲鈍重的聲音，骨頭碎片、血液以及一部分的腦組織四處飛散，弄髒了腦髓師的白衣和臉孔。

好友的身體一下子跳了起來，接著碰的一聲掉回椅子上。他發出難以形容的怪叫聲，翻著白眼，四肢不協調地舞動。

腦髓師單手支撐著「腦髓」，整個人覆蓋到好友身上，用雙腳和腋下試著壓制住後者的抖動，「喂！你在發什麼呆？先把我臉上的血擦乾淨，然後去把店裡後院的腦電計給我拿來！」

學徒衝到後院，將生鏽的裝置拿了進來。當他想把那東西放在化妝檯上時，卡到了好友的手，大力地掉在地板上。機器本體裂了開來，裡面的配線飛了出來。

「你這個白痴！在幹什麼？算了，把白金線給我！」腦髓師抓住延長線將裂開的腦電計從地板上拉了過來。

他將幾條白金線掛上轉盤，剩下的則插入好友的鼻子、舌頭內側、耳朵和眼睛的黏膜。每當腦髓師轉動轉盤，從破損的玻璃露出來的針便開始發出喀嚓喀嚓的聲音。

「好，看起來是順利插到腦幹了。」腦髓師用力地拍了「腦髓」的前端。

好友像是野獸般地大叫了起來。

「喂！你給我好好地壓住他。我現在要在腦的內部伸出針頭固定，你可是連一公釐都不能動，不然就會留下無法恢復的損傷。」

腦髓師硬是撐開好友的眼皮，他的眼珠正在團團轉。

腦髓師碰了一個轉盤後，眼珠便開始逆向轉動。

「原來你有這種習慣啊。」

持續著細部的調整後，眼珠便慢慢地不再轉動了。

腦髓師再進一步地慢慢調整一個一個的轉盤，全身扭動不停的好友，動作開始變得緩慢，最後完全停了下來。不過還是持續著細微的痙攣。

「再等一下，這個痙攣就會停止了。以這個情況來看，大概一小時就結束了。喂，你拿個東西固定腦髓，讓它不會滑動，然後在傷口擦藥。」

學徒按照腦髓師的指示開始處理後，腦髓師便脫下白衣，開始打掃地板上的血跡和腦漿。

一切收拾乾淨後，腦髓師動了一格轉盤。

好友的身體跳了起來。

「小弟，感覺怎麼樣？」

「呃，」好友驚訝地猛眨眼，「我的身體還在發抖，停不下來。」

「不用擔心，到時候大腦就會適應了。其他還有嗎？有沒有看到什麼奇怪的幻覺？還是覺得有什麼東西纏著自己？」

好友想了一下，「好像沒有，應該是沒問題。不過我的頭好痛，好想吐。」

「因爲硬膜破了。我會給你處方箋，你再去藥局拿止痛藥就好了。」

「腦髓師也可以給處方箋嗎？」少年驚訝地問道。

「是啊。不過我不是醫生，所以也不是什麼藥都能開，只能開止痛藥和抗生素而已。」腦髓師寫好處方箋，遞給好友，「好了，可以回去了。今天先不要洗澡。最近的年輕腦髓師都說可以立刻洗澡，不過因爲有感染或出血的可能，你還是忍耐一天吧。好啦，我今天要看夜間比賽，所以要打烊了。」腦髓師急著趕他們出去。

「站得起來嗎？」少年害怕地問道。

好友慢慢地撫摸著自己的小腿到膝蓋，「嗯，應該可以……奇怪？」

「怎麼了？」

「我頭很痛，膝蓋也在發抖，所以我忍不住在心裡想了『他媽的！』」

「那當然。」

「可是那個情緒馬上就不見了，我根本就沒想什麼『他媽的！』」

「什麼意思？你不是想了『他媽的！』嗎？」

「好像也不是。說不定我一開始就沒想什麼『他媽的！』或者是在想的瞬間就立刻消失了。也可能是想這件事的感情本身消失了，已經沒辦法確定了。」

「『腦髓』的功用嗎？」

「大概吧。沒有意義的負面情緒消失了。」

「你是說你的感情被隨意地控制了嗎？」

「恐怕是，不然我不可能不對剛剛這麼誇張的事情感到不爽。」

「這樣眞的好嗎？」

「我不知道，因爲才剛裝上新的腦髓沒多久。」

「你還是之前的你嗎？」

「我是這麼想的，但是我沒有把握。我覺得一小時前的自己和現在的自己一樣。但實際上，一小時前的自己的確消失了。說不定只剩下以爲一小時前的自己和此刻的自己是連續的自己而已。嗯……這樣算是回答你的問題了嗎？」

「我不知道。」少年搖頭，「應該要在裝置之前想一個確認方法才對。像是設定一個特殊問題，找出答案的不同之類的。不過不管怎麼說，已經太晚了。」

「那麼就你安裝的時候，來這麼做吧。」好友笑著說道。雖然他臉上的笑容和之前一模一樣，但是他的頭部被插入了巨大隆起的物體。

「你的腳還在發抖吧，我來扶你。還得去藥局才行。」

好友休息了幾天後，終於再來上課了。

「你沒事了吧？頭的感覺怎麼樣？」

「沒事了，已經可以洗澡了。」

「心境有什麼變化？」

好友搖了搖頭，「我還是沒什麼感覺。照了鏡子，看那些迴路轉來轉去的，我只覺得那些針一定在我腦袋裡進進出出地保持迴路的平衡而已。就像那個腦髓師說的，大腦沒有痛覺，所以我也不知道。」

「你不會不舒服嗎？」

「不會……說不定我其實感覺到不舒服，但是『腦髓』消除了那些感情。」

其他同學走到兩人身邊，「喔，兩大天王少了一個呢。」

「是啊。連我自己都對以前為什麼會那麼拘泥於不裝『腦髓』，感到很不可思議。」

「如果你不會感到不可思議，那就表示『腦髓』沒有順利運作。」

或許是自己多心，但是少年覺得以往對好友和自己敬而遠之的氣氛變得和諧許多；雖然真正被接受的人只有好友而已。

少年和好友的關係表面上並沒有任何變化，真要說有什麼改變了，那就是好友幾乎不發脾氣了。

智商本身應該沒有任何變化。不過可能是念書時不會產生無用的感情，好友的成績逐漸進步。

少年開始感受到自己被丟到一邊的疏離感。

「那是你想太多了。」某天午休，好友如此回答少年的疑問。

「我除了變得比較沉穩之外，其他都毫無改變。你也這麼想吧。」

「是啊。可是怎麼說呢，你終究裝了那個。」少年指著「腦髓」。

「沒錯，外表的確有了很大改變。雖然只要技術繼續進步，一定可以變得更小吧。但是在那之前因爲幾乎已經普及到所有人身上，事到如今才要把它弄小、弄得不顯眼，根本沒什麼意義。而且也有散熱的問題。不如說，爲了跟沒有安裝『腦髓』的人有所區別，大家會更偏愛華麗、誇張的形狀和顏色呢。」

「這樣一來，不就有點歧視的意思嗎？」

「裝上『腦髓』之後，就沒有所謂歧視的感情了。只是，單純從功利角度出發的話，能夠清楚知道什麼人是『天然大腦』的話，那麼很多事情都可以比較簡單處理了。」

「可以監視是否會發生犯罪之類的反社會行動嗎？」

「不是那個意思，是可以預先做好心理準備。假設隔壁的人長得跟我們一模一樣，而在對方開口之前，我們都不知道他其實是外國人。萬一他突然開口搭話，不就會不知道該怎麼應對嗎？所以如果一開始就知道對方是外國人，那就可以準備翻譯機了。我說的就是可以預先知道類似這樣的應對。」

「你對我也會事先準備好這樣的應對嗎？」

少年覺得好友的「腦髓」開始發出聲音，快速轉動了。若是以前，這就是好友情緒激動的時候了。

「我沒那個打算，你這麼覺得嗎？」

「反正你也不在意說謊吧。」少年自暴自棄地說。

「什麼意思？」

「『腦髓』的機能會抑制感情爆發，但是同時為了不讓情況惡化，也允許說謊嗎？」

「也可以這麼說，但是『腦髓』並不是那麼高功能的。它分不清楚真話和謊言的差別，只是能夠修正迴路的不平衡罷了。」

「你看，你承認了！」

「你冷靜一下。改變的人不是我，而是你。」

「我？」

「你以前不是這種容易鑽牛角尖、講酸話的個性，你以前更直率、更老實。」

「你不要隨便決定別人的性格。」

「怎麼了？你到底在不高興什麼？」

「你的說話方式簡直就是大人對小孩，那種帶著在上位的優越者視線的講話方式，讓我不高興。」

「等一下，我沒那個意思。」

「就算我變得激動了，你還是很冷靜地接受了。」

「你應該知道，我會這麼冷靜，不是因為我把你當小孩，而是『腦髓』抑制了情緒的無用波動吧？」

「我也有可以用來思考的大腦！」少年終於怒吼了出來。

他察覺到周遭同學的視線。眾人並沒有盯著他看，而是在腦中看著他。你們看那個「天然腦髓」又在生氣了。明明就該早點放棄，趕緊裝上「腦髓」就好了。

少年深呼吸了一會兒，試著恢復冷靜。

對，就算我沒有「腦髓」，我也能夠控制自己的情緒。

「抱歉，我的說話方式讓你不高興了。」好友沉穩地說道。

「不，該道歉的是我，不是你。」

「我可以提個建議嗎？」

「說吧。」

「你該讓自己輕鬆一點了吧。」

「什麼意思？」

「你現在才去裝『腦髓』，誰也不會責備你的。」

「你在說什麼？我不是意氣用事才不裝『腦髓』的。」

「既然這樣，那就更應該……」

「我到時候會自己決定，因爲我有自由意志。」

「那個時候也可以是『現在』吧？」

「我如果決定是『現在』的話，那就變成是順從你的想法，不能說是自由意志了。」

「那你就不要意氣用事了。」

「我知道了，不要再談這件事了。我眞是傻瓜，才會找你商量。」

從這天起，少年和好友就疏遠了。

少年和好友上了不同的高中。那所高中的人也幾乎都裝了「腦髓」，少年不知道他們沒安裝之前是什麼個性，所以比好友容易相處多了。

少年對周遭眾人而言恐怕是非常棘手的存在，但是並沒有任何人表現出來。有時候，導師會迂迴地勸告少年要裝上「腦髓」，不過也沒有造成什麼壓力。

高二那年的春天，少年戀愛了。

對方是同班的女同學。她在一年級時和少年不同班，他雖然經常看到她，但是到了二年級才知道她的名字。

「你是『天然腦髓』耶，好酷喔。」這是她對少年的第一句話。

乍聽之下雖然很沒禮貌，但是因爲她如此直率地說出來，少年反而覺得很輕鬆。也因爲如此，就沒有必要硬是避開這個話題了。

「是啊，我很堅持這一點，很蠢吧。」

「不會啊。因爲沒有『腦髓』，所以要靠自己壓抑感情，很厲害的。有種禁欲的感覺。」

在這之前對「天然腦髓」有好話的人，只有裝上「腦髓」之前的好友，少年聽到這句話的瞬間就對少女產生了好感。她當然也安裝了「腦髓」，可以避免故意使人不快的言行，所以她應該本來就是親切待人的性格。不過，少年的確從少女的話語中感受到她對「天然腦髓」的好感。

在少年和好友決裂了很久之後，少女成了少年唯一能夠敞開心房的對象。

他們會在下課時間閒聊，不久後開始一起吃午餐。

只要她在身邊，少年便能自在地和其他同學聊天。只要她在場，就是少年和其他人交談的觸媒。

就這樣，透過和少女以及其他同學的互動，少年漸漸地認爲「腦髓」裝置者或許根本沒那麼在意「天然腦髓」。也開始相信，「天然腦髓」根本沒什麼大不了，自己應該也可以和「腦髓」裝置者沒有任何問題地往來。

「如果妳有空的話，」少年的心臟砰砰砰地跳動著，簡直都要發出聲音了，「下次放假要不要一起去看電影？」

此時少年茫然地想著，如果有「腦髓」的話，這時候就不會這麼緊張了吧。

少女雙眼睜得大大地面帶微笑看著少年。

一瞬間陷入了沉默。

她的答案是？她會答應嗎？還是拒絕？如果她拒絕的話，那我就乾脆放棄吧。她並未把我當成可以交往的對象。如果不乾不脆的話，她一定會更討厭我，到時候就連朋友都當不成了。

但是眞的要老實放棄嗎？我聽過女性就算有意思，也一定會拒絕對方一次。如果眞是這樣，那該怎麼辦？就算被拒絕，還是等過了一陣子，再嘗試一次嗎？不過如果她眞的沒那個意思，那我不就只會被認爲是個放不下的軟腳蝦嗎？

然而「腦髓」裝置者眞的會這樣算計嗎？而且以她本來的個性看來，少年並不認爲少女是個會試探他人的人。

可惡，早知道就更仔細地考慮後再來約她。針對她的答案和自己的行動進行模擬……

「好啊。」少女用那對總是帶著惡作劇神情而且又大又圓的雙眼看著少年。

「如果妳沒空的話……咦？妳剛剛是說『好』嗎？」

「對啊。我們要約在哪裡？」

少年這時才知道眞的有高興到要飛上天這種事情。

他不自覺地歡呼出聲。

他這才發現，教室中的所有人都看著他。

少年對這狀況一點都不生氣，反而對所有人露出微笑。

大家都笑了起來，少年確實地感受到那不是嘲笑或輕蔑，而是發自溫暖友情的笑聲。

「久等了。」

「不、不會……」少年在約定的公園看到少女的裝扮，不禁說不出話來。

仔細想想，到目前爲止他只看過她穿制服的樣子。不穿制服的她和平日簡直判若兩人。淺色系的衣服讓她看起來簡直是春天的精靈。她以蝴蝶結綁起了黑髮，恰好遮住了「腦髓」，好像本來就沒有那東西似的。

這是流行的髮型？還是特別爲了我才這麼綁？

少年沒有問出口的勇氣。

「妳想看什麼電影？」少年結結巴巴地問道。

「沒有特別想看的，你有嗎？」

「我也沒有。我本來想說，就看妳想看的那一部。等我一下，我來查一下電影的網站。」

「沒關係，不用硬要看電影。我們就坐在這裡聊天好了。」

「可是妳是爲了看電影來的。」

「我們的目的不是電影，是約會吧？」少女露出了微笑。

少年當下無法判斷，她是開玩笑，還是認眞的？

「是啊。那我們就在這裡聊天吧。」少年努力不讓對方看出他的動搖，慢慢在長椅坐下。

少年心想，她一定不會感到動搖吧，說不定還察覺到了我的不安，才對我這麼親切。

這麼一想，他不由得覺得超丟臉，想挖個洞鑽進去。

坐下來是無妨，但是少年不知道該說些什麼，沉默已經持續了將近一分鐘。愈是覺得該說些什麼，腦袋裡的東西就愈是團團轉，攪和得亂七八糟。

什麼都好，總之先出聲吧。

「呃……」

「那個……」

兩人同時出聲。

接著驚訝地看著彼此。

她和我一樣嗎？怎麼可能？她不可能會有這些多餘的迷惘。

「怎麼了？」

「不，沒什麼，妳先說吧。」

她先講話眞的太好了。

「我也不是要講什麼重要的事情，不過你該不會很緊張吧？」

「咦？」

被看穿了，但是再隱瞞也沒什麼用，還是老實說吧。

「對啊，我有一點緊張。沒有『腦髓』就是會這樣，超蠢的，眞是遜斃了。」

「就算裝了『腦髓』還是會緊張喔。」

「眞的嗎？」

「像是考試、念書，這種必須集中的時候就會有點緊張。如果是在家裡時，就會徹底放鬆。」

「那現在呢？」

糟糕，我問了白痴問題。

「現在很緊張。」

「咦，爲什麼？」

「因爲現在是約會啊。」

心臟簡直要從喉嚨跳出來了。

「這樣啊。」少年沒有自信可以再僞裝得更平靜，「我還以爲只要裝了『腦髓』就會一直保持冷靜，不會緊張。」

「沒那回事。如果這樣的話，那出去玩時也不會高興。而且，」少女停了一拍，「也不能談戀愛了。」

她是什麼意思？我該怎麼辦？

少年陷入激烈的不安。

今天不過是普通的約會。如果就這樣認爲我們已經開始交往，我一定會被認爲是表錯情的傻瓜。那麼就乾脆好好交往吧？現在就跟她說，請和我交往嗎？不，這樣一看就知道我操之過急，對方反而會嚇到吧。對了，還是今後繼續像這樣約會吧，到時候就可以順其自然地交往了。大家不都是這樣變成男女朋友的嗎？

那我現在到底該說些什麼才好？

「其實我現在很煩惱。」

我到底在說什麼？

「我在想是不是差不多該裝上『腦髓』了。」

「咦？爲什麼要煩惱？」

「嗯……因爲還是裝了比較好，不是嗎？」

「不是。」

「妳是說不裝比較好嗎？」

「也不是。」

「到底是還不是？」

「兩邊都不是。」

「什麼意思？」

「我是說裝或不裝都可以啊。既然裝或不裝都沒差，那又何必煩惱呢？」

「裝或不裝都可以？可是妳不是裝了嗎？」

「這不是我自己要裝的，而且現在也不能拔下來了。」

「腦髓」的插入是不可逆的，如果硬是拔下來，會讓大腦崩壞。

「所以妳討厭裝上『腦髓』嗎？」

我在高興什麼？

「我不是那個意思。」

「聽起來眞是不清不楚。結論是什麼？」

「沒有結論，因爲裝或不裝都沒有差別。」

「但是裝了跟沒裝明明就不一樣。」

「對啊。裝上去之後，能夠綁的髮型就只有那幾種，對穿著打扮來說實在有點麻煩。」少女惡作劇地笑了一下，「不過我本來就不記得還沒裝上去之前的事情，因爲那時候我才剛上小學。所以我其實不能說裝或不裝都沒有差別，只是我覺得裝上去也不壞。」

「那麼，我還是裝上去好了。」

「可是，一旦裝上去，就不能回到之前的狀態了。只要一想到這件事，我就覺得能夠好好體驗沒有插入腦髓的自己大腦的狀態也沒什麼不好。反正，想裝的話，隨時都可以去找腦髓師。」

「結果到底是？……啊，妳剛剛說裝或不裝都沒有差別。」

「所以那根本不是値得你煩惱的事情。想裝的時候就裝，不想裝時就別裝。」

少年對這句話有些心動。

「聽妳這麼說，我的確覺得這根本不是什麼需要煩惱的事情。但是我眞的爲了這個現實問題，不知道該怎麼辨而煩惱著。」

「所以你其實是『不知道自己到底想選擇哪一邊』嗎？」

「啊，妳說的沒錯，就是這樣，我無法掌握自己的心意。」

「那是『天然腦髓』的特殊現象，眞令人羨慕。」

「因爲是別人的事情，妳才能說得那麼輕鬆。對本人來說，是非常痛苦的。」

「如果你討厭痛苦的話，下定決心裝上『腦髓』也是一個解決辦法。」

「這樣的話，就可以掌握自己的心意嗎？」

「至少，我從來沒有碰過無法掌握自己心意這件事。」

少年沉默了下來。

「怎麼了？你不高興嗎？」

「我覺得妳剛剛說的話怪怪的！」

我怎麼突然脾氣就來了？

「我的確無法掌握自己的心意，然後妳說裝了『腦髓』之後，就可以一切順心如意，眞的是這樣嗎？」

「眞的啊，我現在就是這樣。」

「妳怎麼保證這些都是眞的？」

「因爲我是這麼感覺的。你如果也要有相同感受就只能裝上『腦髓』了……」

「妳的意思是『天然腦髓』沒辦法下決心的事情，『腦髓』就可以下決心了？」

「對。」

「這樣的話，那下決心的不是妳，是『腦髓』。」

「不是這樣的。『腦髓』只是替我壓抑不需要的緊張或不安，下決心的是我自己。我最清楚這一點。」

「妳只是認爲自己下了判斷，但是妳怎麼知道只有妳自己做了決定？」

「就跟你一樣，我的事情我自己最清楚。我的確知道現在下了決心的人是我自己。」

「那麼妳要怎麼區別自己跟『腦髓』？」

「我不懂你的意思？」

「妳在做任何決定時，會跟『腦髓』商量聽了意見之後，再決定怎麼做嗎？」

「沒那回事，『腦髓』不會給我任何意見。」

「妳怎麼知道？妳有自信可以區別自己和『腦髓』的差異嗎？」

「我自己就是我自己，當然可以區別啊。」

「但是妳剛剛說，『腦髓』不會給妳任何意見。也就是說，妳並不認爲『腦髓』是外部的存在。」

「你的意思是，我認爲就是我自己的這個人裡面混進來了『腦髓』？」

「妳終於聽懂了。自己眞正的大腦——『天然腦髓』和『腦髓』高度融合之後，不就變成了一個人格嗎？」

少女稍微思考了一下，「我還是認爲只有我自己，並沒有混進來別的東西。」

「因爲妳跟『腦髓』早就合爲一體了，所以妳自己絕對無法區別兩者的。」

「或許是吧。但是，這眞的很重要嗎？我認識你的時候，就已經裝上『腦髓』了，所以你只認識和『腦髓』合爲一體的我。可是就算這樣，你不還是約我出來了嗎？」

「是啊。」

「那麼，你約的是眞正的我？還是包含『腦髓』的我？」

此時，少年覺得少女頭髮下的腦髓轉盤正快速轉動著，頓時感到一陣強烈的噁心。

「我不知道。妳不知道的事情，我怎麼會知道？」

「既然這樣，你爲什麼那麼在意？既然不知道的話，那不是都一樣嗎？」

「不一樣。這不是知不知道的問題。這是人類的尊嚴——自由意志的問題。」

「你認爲我沒有自由意志，對吧？」

「我不知道，只有妳自己才知道。我的確有自由意志，但是妳呢？」

「沒錯，你就是害怕失去自由意志，所以才會逃避『腦髓』。」少女的眼神似乎亮了起來，「如果我說裝了『腦髓』也會有自由意志的話，那麼你可以下決心嗎？」

「但是我無法判斷能不能相信妳的話。」

「相信我！」她的聲音好像變得激昂起來了。

怎麼回事？難道她在演戲嗎？

「等一下，這是妳的目的嗎？爲了讓我下定決心？所以才會答應跟我出來？」

「你不要那樣想。」

「沒辦法，因爲我沒有可以壓抑自己心靈的『腦髓』。」

「你打算接下來的人生都要這樣逃避『腦髓』嗎？」

「對，我就要逃一輩子，他媽的！」

爲什麼，我居然在她面前口出惡言。她恐怕也不會爲此發怒吧，但是一定會輕視我吧。從輕視中是不可能產生任何愛情的，這點我還知道。該怎麼辦？我要立刻認錯，老實地向她道歉嗎？

不，不行了，我已經懷疑她了，我不是懷疑她企圖讓我下定決心裝上『腦髓』嗎？這樣一來，就算我們繼續交往，我也無法抹去這個懷疑的念頭吧。而且她也會一直意識到我在懷疑她。

「對不起。」少年從長椅起身，「是我弄錯了，我們之間的鴻溝比我想像的還要更大更深。」

「那只是你這樣想，我從來就沒看到什麼鴻溝。」

「再見。」少年頭也不回，離開了公園。

少年失去了少女。

少年更加封閉自己的心靈，彷彿害怕著被別人知道自己是有心的。

擁有「人工腦髓」自由自在地釋放、表達自身的感情，然而擁有「天然腦髓」的自己卻得壓抑自己，少年雖然感受到巨大的矛盾，卻也不得不這麼做。

心靈需要有適當的控制才是安全的，沒有比不受控制的心靈更危險的東西了。安裝「腦髓」的人們一定都這麼想。若是這樣，我一定不能讓他們知道我有著自由的心靈。他們當然不會相信我沒有心，但是只要不隨便暴露自己的感情，他們就不會認爲我很危險吧。

對她也是如此，絕對不能對她掉以輕心，絕對不能對她表露出特別的感情。即使我的心根本就不希望如此。

少年每天都這樣告訴自己，久而久之就學會了就算不特別注意也不會顯露自己的表情；然後隱藏在心中的感情也愈來愈炙熱。

那天的太陽雖然不大，但是少年還是戴了帽子出門，因爲他不想讓人看見自己什麼都沒有的頭頂。

他立刻就找到要買的書，付錢之後便迅速走出店裡。

就在那時候，

他和自己應該已經放棄的淡淡思念擦身而過了。

他不知道對方是否注意到他。擦身而過時，兩人之間還有一些路人。他會注意到對方簡直就是奇蹟。因爲他總是在尋找著對方，所以才會注意到如此隱約的氣息吧。

他瞬間迷惘了一下。

他們並不是在學校都完全不相往來，下課時間講上幾句話也不是什麼稀奇事。但是，和以前相比，兩人的狀況已經有了決定性的轉變。接下來不可能再成長的關係，被牢牢地封閉起來的關係——在學校那個空間中，已經徹徹底底無法修復了。

然而，或許事情並非如此。雖然不能說是非日常，但若是在兩人共有的其他空間——街上的偶然相遇，少年心中有種說不定能夠從頭來過的預感。

但是，她會不會覺得我很纏人、很討厭？不，她本來就討厭我，我現在根本沒有什麼好損失的。

少年鼓起勇氣回過頭去。

僅僅只是一瞬間而已，她卻已經走到非常前面了，簡直像是只有自己的時間停了下來。

少年焦急了起來。

這樣不就不能自然地叫住她嗎？要大聲叫她嗎？不行，那太不自然了。還是靠近她一點之後，再裝成輕鬆自然的樣子叫住她吧。

少年終於邁出像是被凍結的雙腿，追在她的身後。

少女的腳步猶如跳躍般地輕快。但是對少年而言，柏油路卻像是泥濘般似的，讓他寸步難行。別說是追上她了，就連不要看丟她都已經花掉少年所有力氣。

就這樣，不知道走了多久，少年漸漸地厭惡起自己來了。

我到底在做什麼？從客觀的角度來看，這不就是一直跟在甩掉我的女孩子身後嗎？簡直就是跟蹤狂。

還是放棄吧，但他一想到不可能再有第二次機會便轉念了，不再輕言放棄。

因此他又跟了十幾分鐘。

這時候，他大概知道少女要去哪裡了。

是那個公園，是那個兩人初次約會，也是分手的公園。

少年開始膽怯，但他咬緊牙關，邁出腳步。

我不能爲了這種事情認輸。我有自由意志，我絕對不向命運低頭。

不久後，少女抵達了公園入口，接著停下腳步，環視公園內部。

不是那邊，是這裡，我在這裡啊。

少年跑向前去。

在那裡等我，我馬上就會抓到妳了。

然後，還差一步就到少女身邊時，她突然消失了。

少女從他身邊逃走了。

不，那是少年的錯覺。

少女大大地揮著手，跑向長椅。

當少年看見從長椅上站起來的人時，雙腿瞬間失去力氣，跪倒在地。

爲什麼那傢伙會在那裡？

好友一邊摟住奔向自己懷裡的少女，雙眼直直地盯著少年看。

少女也察覺到好友的視線，轉過頭來。

兩人絲毫沒有露出動搖的神色。

少年雙腳毫無力氣，但還是想辦法站了起來，打算轉身離開。

「等等！我有話跟你說！」好友叫道。

「沒什麼好說的。你們沒有做錯什麼，你們並沒有欺騙我或是背叛我。我只不過是個蠢到極點的傢伙罷了。」

「我不是要你相信我。只是我希望你聽我說，我們是偶然認識的，很後來才知道我們都認識你。」

「我相信你。只是就算說我相信你，我還是愚蠢至極。」少年自嘲地說道，「如果你們沒有『腦髓』的話，一定早就大肆嘲笑我的愚蠢了吧。」

「不要這麼說。」少女看似悲傷地說道，「我不想傷害你。」

「眞抱歉。我無法分辨妳那看起來悲傷的表情究竟是眞的悲傷，還是『腦髓』爲了不傷害我演出來的。或許就連妳自己也都分辨不出來，所以你們什麼都不用說。我的確是受傷了，但也不會因爲你們的話就感到安慰，或傷得更重。」少年竭盡全力露出了笑臉，「你們看，我也能控制自己的感情，所以你們完全不必爲我擔心。」

兩人什麼都沒說，只是以看似悲傷又溫柔的眼神看著少年。

少年轉身背對他們，緩緩地邁出腳步。

「再見。」

那天，少年告訴雙親他決定安裝「腦髓」。

雙親只是點點頭，對他溫柔地微笑。

那個晚上，少年始終盯著鏡中自己的頭部看。到了早上，他稍微哭了一下，便朝理髮店前進。

那裡只有一個客人。

那個初老男性似乎等著腦髓師結束準備工作，正在看著報紙打發時間。

「你今天要剪頭髮嗎？」腦髓師氣勢十足地問道，「等這位客人升級結束後，就輪到你了。」

少年搖搖頭，「我今天不是要剪頭髮，而是要請你幫我插入『腦髓』。」

「你終於下定決心了嗎？還花了眞多時間啊，你從小時候就愼重考慮到現在吶。」

「是嗎？」初老男性插嘴道，「你只是因爲害怕才一直拖吧？還是有什麼理由，非得拖這麼久？」

「我想一定有很多原因吧。」腦髓師試著轉移話題，「年輕的時候總是很容易想東想西嘛。不過那也是挺不錯的回憶啦。」

「如果是想當腦髓師之類的理由，那我也可以理解。但是如果只是因爲害怕而不插入，你不覺得那太丟人了嗎？」

「客人，眞是不好意思。」腦髓師說道，「我趕快幫你升級吧。這樣追問年輕人難以回答的問題，實在不像你啊。」

初老男性這才一臉大夢初醒的樣子，「啊，眞的像你說的，我的確是說了一些讓人難堪的話吶。年輕人，你忍耐一下吧。其實我應該早點來升級的，只是實在太忙了。看來我眞的需要一些微調啊。」

「不，我的確是害怕插入『腦髓』。我不是害怕疼痛，我是害怕失去自由意志。不過我已經下定決心了。」

「喂，就算插入『腦髓』也不會失去自由意志喔，我總是按照自己的意志行動的。」

「好像眞的是這樣。結果只是我想太多而已。」少年說謊了，他是爲了放棄自由意志才來這裡的。

腦髓師將以吸水性材質製作的大型圍兜圍在初老男性的身上，「下半身也都處理過了吧？」

「是啊，我在家裡清乾淨後才來的。」

「那麼我要開始升級了。」

腦髓師行了一禮，從口袋裡取出舊的電線，一端插入牆上的插座；另一端則是白金製成的粗約數公釐、長約十幾公分的大型針頭。腦髓師將針頭尖端對準初老男性的「腦髓」空隙，接著一口氣將全身的體重壓了上去。

客人瞬間用力往後一倒，翻著白眼，全身不停痙攣。嘴巴半張，不停地流出大量口水，恐怕糞尿也是同樣狀況。

「我經常在想，升級的時候一定是日常生活中最接近死亡的狀態了。」腦髓師自言自語地說著，「雖然我這一生從來沒經歷過。」

「等到你年紀大了退休之後，也不裝『腦髓』嗎？」

「每天都在看這種事情，久了就不想嘍。」腦髓師觀察著客人的狀況，慢慢地調整轉盤。

「一定要升級嗎？」少年問。

「雖然不是說絕對要做，但是沒有人不做的。你知道爲什麼要升級嗎？」

少年搖了搖頭，因爲到現在爲止他都認爲自己和「腦髓」無關，所以也不打算弄清楚。

「雖然只是說升級，但其實有升級和維護兩種意義。升級就像字面所說，是替換讓『腦髓』發生作用的基本程式。『腦髓』只要一裝上去，就不可能拿下來，只能一路變舊。所以既然無法更換硬體，那麼最起碼也該更新軟體。就算不可能和最新型有著同樣功能，但還過得去。像這位大叔的『腦髓』已經很舊了，所以偶爾會像剛剛那樣講話很難聽，不過大致上還能正常地發揮機能。至於維護則是指，配合腦部變化進行具體的細微調整。人類大腦的迴路無時無刻都在變化當中，嚴格來說，也必須讓『腦髓』加以配合進行變化。特別是舊型『腦髓』若不好好維護的話，就會像這位大叔剛才那樣，最後甚至會發生暴力行爲乃至於犯罪了。」

「怎麼可能？明明都裝了『腦髓』了。」

「『腦髓』並不是萬能的。如果沒有時時刻刻和天生的大腦準確同步，那也不過是腦內的異物罷了。不過你也不用擔心，你安裝的是最新型，可以自動調整到某種程度。所以比別人晚裝也有這種好處吧。只是說，如果程式發生錯誤，就麻煩了，所以還是一個月升級一次比較安全。」腦髓師測量了一下初老男性的脈搏，「大叔的狀況已經穩定了，來準備你的吧。我要幫你剃頭，你坐在那邊吧。」

少年一下子就變成了光頭，腦髓師在他的頭上移動著電腦剃刀，刀刃銳利的感覺奇妙地深刻。

「咦？」腦髓師顯得有些疑惑。

「怎麼了？」

「嗯，有點……」腦髓師取出量尺，仔細地測量了少年的頭型後，「果然是這樣，這下麻煩了。」

「有什麼問題嗎？」少年戰戰兢兢地出聲問道。

「不，不是什麼大問題，只是你的頭型是規格外。」

「頭型也有規格嗎？這又不是工業製品。」

「『腦髓』是工業製品，所以不合規格的頭型無法安裝。」

「那我沒辦法安裝『腦髓』嗎？」

「不，當然有可以讓你安裝的方法，因爲所有國民都有安裝『腦髓』的權利。」

「什麼方法？」

「一個是訂製一個你的頭專用的『腦髓』。只是這大概需要半年到一年的時間，而且也必須精密測量你的頭。我這裡的設備辦不到，得去大都市的理髮店才行。我會幫你寫介紹信。」

「另一個呢？」

「你直接去腦髓工廠，請那邊的師父幫你插入『腦髓』。聽說工廠那裡有各種工具，就算是規格外的頭型也可以順利插入一般的『腦髓』。只是不能百分之百合用，有一些機能無法使用。不過只要你去，應該可以當天就幫你處理。」

少年考慮了一會兒。一年太長了，這段期間說不定又會發生很多令人傷心的事情。而且好不容易下定決心了，要是這一年內又改變想法，一切又得從頭來過。

「那我直接去工廠好了，需要什麼申請手續嗎？」

換了幾種交通工具後，少年終於到了腦髓工廠。

工廠位在延伸至灰色大海中數公里處的懸崖前端。懸崖上以及周圍半徑數十公里範圍內的地帶，黑色的工廠設備緊密地排列著，形成了大片的工廠群，但是卻沒有任何生產作業的樣子。聽說從幾十年前的大意外之後，完全沒有復工過。腦髓工廠原本不是這個工廠群的一部分，而是之後拆除一部分的工廠新建的。但是它那暗黑古舊的外觀和其他工廠群並無二致，順利地融入了周遭的風景。

在蜿蜒的鐵路上行進的路面電車經常因為被什麼東西卡住而緊急煞車。看起來似乎是因爲鐵路嚴重老化，到處都有破損的關係。

一走下電車，天空烏雲密布，開始下起小雨。

少年立起衣襟，快步走進建築物中。

一穿過入口，便是工廠櫃檯。不過沒有人，只有快要壞掉的日光燈發出聲響地閃個不停。

「請問有人在嗎？」少年對裡面出聲詢問。

他的聲音空虛地在建築物中迴盪著。

少年很有耐性地等待回應，但是過了兩分鐘後，仍然沒有任何回應。正當他打算再喊一次時，從漆黑的走廊另一端，傳來了某人跑過來的聲音。

從黑暗中跑出來的是個穿著灰色制服，沒有安裝「腦髓」的中年男性。

「是你在叫嗎？」

「是的。」

「如果你是要參觀的話，很抱歉，今天沒有開放喔。因爲人手不足。說到人手不足，都是裁員害的。總之就是沒有人手，連『腦髓』的生產線都停工了。所以今天沒有開放參觀，很抱歉讓你跑這一趟，不過還是要麻煩你回去了。」

「不是的，我今天是想請你們幫我安裝『腦髓』的。」

「安裝『腦髓』？那請去你家附近的理髮店，幾乎所有理髮師都有腦髓師資格的。」

「不是的，我家附近的理髮店沒辦法幫我裝。」少年遞出腦髓師寫的介紹信，「我的頭型是規格外，只有這裡才能裝。」

「這樣嗎？理髮師叫你來這裡？你等我一下。」中年男性從口袋取出電話，「喂，現在有個男孩子來這裡說要裝『腦髓』……啊，我說去家裡附近的理髮店就好。結果他說他的頭型是規格外，腦髓師叫他來這裡……什麼，你不知道？那你叫知道的人來聽。……喂，你是哪位？……啊，眞抱歉。……對，他說他規格外……是嗎？這種情況的話，要在這裡裝嗎？那誰會來？……咦，我嗎？可是那不是需要執照嗎？工廠員工只要有人指導，就可以特別破例嗎？……電話裡的指導也算……那我應該怎麼做？去資料室找說明書就可以了嗎？三十年前的版本嗎？好，我知道了。」男人做完筆記後，掛掉電話，對少年說道，「我現在得去找說明書，你可以幫我嗎？」

資料室位在地下一樓。布滿塵埃的幾百個紙箱幾乎毫無縫隙地堆在一起。兩人爲了避免碰倒紙箱，小心翼翼地在狹窄的縫隙中前進。他們看著筆記，好不容易找到了要找的紙箱，其中放著已經發黃的一本說明書。

「《規格外頭型安裝人工腦髓說明書》，就是這個吧。只要按照這個做就可以了吧。好，那就在隔壁的處理室做吧。」男人抱起紙箱，走向隔壁房間。

少年慌張地追在後面。

那是個比資料室稍微明亮一點的房間，室內正中央放著附有拘束器的椅子。椅子和地板上有著大片的褐色汙漬。

「你不用擔心。我想這應該是很久以前安裝時的出血，當時一定是傷到了很大的血管吧。萬一發生那種事情的話，救護車大概二、三十分鐘就到了，所以不用擔心。」

「那些拘束器是做什麼用的？」

男人快速地翻到說明書最前面，「這裡寫『首先將被安裝者固定在座位上』。因爲規格外的被安裝者安裝時，會給運動皮質區意外的刺激，導致手腳劇烈抖動，很難壓著，所以才會將被安裝者綁起來。喂，你就坐那邊吧。」

少年雖然不太相信對方，但還是照著坐了下來。

男人失敗了好幾次後，終於用皮帶將少年固定在座位上。接著從牆邊的架子上拿出量尺，開始測量他的頭，按照說明書附上的計算圖表和數字表算出了一些數字。然後再次拿出量尺，在少年頭部的幾個地方做記號後，用特製的三角板、圓規、量角器開始在少年的頭皮上畫圖。

說明書的內容似乎相當困難，男人「嗯嗯嗯」地持續畫圖。

「如果中間沒畫錯的話，應該就是這裡。」男人在少年頭頂右邊斜下來五公分的地方打了個X。「啊，不對。」男人以指腹擦掉了那個X，在隔了數公釐的地方重新再打X。「說明書印得不好，三跟八看起來好像，不過應該是八沒錯。」

男人這次從架上取出「腦髓」。尖端非常骯髒，所以他從口袋拿出手帕，將「腦髓」擦乾淨。

「再來是補正環。」男人說著，翻找著架上那一大堆亂七八糟的東西，好不容易才拿出兩個上了油的環狀物。「這個嘛，『將A環裝在內側，B環視必要裝上……』嗎？眞難懂。」男人繼續手忙腳亂地進行作業，「應該這樣就可以了吧。」他這樣說給自己聽之後，站在少年背後，將「腦髓」尖端對準X印。

「腦髓」尖端的冰冷觸感刺激著頭皮。

「好，我要開始了。」男人舉起「腦髓」。

少年感到一股劇烈的恐懼，他扭動身體，想要逃走；但是身體被皮帶綁住了……噗。

隨著一個愚蠢的聲音響起，少年從椅子上摔下來，倒在地板上。皮帶因爲太老舊，碎掉了。

「腦髓」發出噗的一聲，男人揮空了。他太過用力，順勢倒在椅子上，整個人頭下腳上，接著又往前翻倒，倒在少年身上。

少年大費手腳地一爬出來，「腦髓」的尖端刺進了男人腹部。雖然不是大出血，但是男人因爲休克而全身顫抖。

「哇——！」少年陷入驚慌，踹破房門似地衝了出去。

「等一下！幫我打電話……」男人伸出沾滿鮮血的手，向少年求助，但是早就傳不到少年耳裡。

少年焦急地想要離開這裡，狼狽地在蜿蜒的走廊上跑來跑去，早就失去了方向感。

途中他曾經上上下下好幾次樓梯，現在根本不知道自己在地下幾樓。

他漸漸地冷靜下來，開始嘗試分析自己現在的狀況。

到底腦髓工廠是在做什麼的？我一直以爲是自動化生產「腦髓」的地方，但是這裡除了剛剛那位大叔之外，根本就沒有人，也沒有生產機械在工作的樣子。

走廊顯得很昏暗，只有少數幾個地方有開燈。雖然不能說是廢墟，但看起來也不像有人頻繁往來。

他試著打開幾道門，但是幾乎所有門都上了鎖。就算有沒上鎖的門，裡面也只有裝著一大堆文件的紙箱而已。

少年注意到某種低沉的噪音。他想或許有什麼機器在工作吧，所以朝聲音來源前進。

聲音是從更深的地下發出來的，他下了好幾層樓梯後，總算走到了發出聲音的房間。

那個房間並未上鎖。

裡面寬廣到不可思議，許多櫃子緊密地並排在一起，上頭各自放著映像管。不論哪一個映像管的畫質都很糟糕，有一半左右都像是缺乏調整似地畫面不停跳動著。

少年靠近其中一個畫面。

那看起來像是連續劇的一個場景，從某人的視角看出去的家庭餐桌的模樣。少年打開櫃子一看，裡面有儀表板，他試著轉大音量。

就算有聲音，也沒有什麼戲劇性的發展，只有餐具互相碰撞的聲音。

他看向另外一個映像管，那也是從某人視角看出去的日常生活。似乎是某間公司的辦公室，某人正在仔細指示另外一個人撰寫文件。

看來應該是和方才的餐桌狀況完全不同人物的視角。

其他的映像管也是如此，不停地播放著從某人視角看見的生活紀錄。簡直就像那人的耳目裝上了隱藏式攝影機和麥克風似的。

此時，少年突然察覺一件事。

這不是用攝影機或麥克風收集到的畫面或聲音，是從眞正的耳目收集到的，恐怕是透過「腦髓」辦到的。

因爲某些理由，腦髓工廠記錄著人們的生活。這麼一想，就可以說明爲什麼要頻繁地升級了。升級時會取出儲存在「腦髓」中的情報，透過網路，送到這裡來。

但是究竟爲什麼要這麼做？

少年操作著儀表板。

看起來是可以自由地前進或後退。

最新的情報是什麼時候取出的？

他試著輸入一個月前的日期。

畫面亂了一下，接著開始播出那個人一個月前的生活。

一週前，也是相同的畫面。一天前，也是。今天……

少年大感吃驚，就算輸入今天的日期和現在的時間，還是會出現畫面。也就是說，這是即時地收集資料。是使用無線網路嗎？可是從來沒聽說「腦髓」會連接無線網路。

不確認一下不行……

少年以父母的名字進行檢索。

從同名同姓的人之中，選出了兩人。

他輸入了他能想起來的最早的記憶——誤觸父親「腦髓」那一天的時間日期。

父親的紀錄裡出現了年幼的少年伸手摸向父親頭部的畫面，母親的紀錄裡則出現她在稍遠的地方看著兩人的樣子。

兩個紀錄完全同步，沒有誤差。

不久是年幼的少年觸碰父親「腦髓」的瞬間，畫面大亂，聲音也變成噪音。畫面斷斷續續地出現，最後終於完全變黑了。

母親的紀錄則出現了伴隨著她的尖叫，將年幼的少年從父親身上用力拉下來的模樣。

他再將日期設定成今天早上，出現了母親早上送少年出門的情景。

少年煩惱了一會兒後，檢索了少女的名字。雖然有些心虛，但他告訴自己這是爲了調查這個系統才這麼做的。

他先輸入了現在的時間，爲了確定這個系統是否眞的是即時收集情報。

畫面大大地映出了好友的臉孔。

少年的胸口像是被挖了個洞似的非常疼痛。

不，這樣正好。把他的畫面也叫出來，兩相對照吧。

少年叫出好友的資料跟他現在的狀況。

咦？

少年楞住了。和他所猜想的完全相反，畫面裡並沒有少女的模樣。好友看起來正在家裡吃飯，可以看見他的媽媽和妹妹。

這是怎麼回事？少女這時候雖然和好友見面，但是後者卻和家人一起。

少年再次確認了資料，這才發現他弄錯少女資料的日期了。

原來是我弄錯月份了。這是三個月後的日期……三個月後！

少年重看了幾次都是如此，映出好友滿頭大汗的畫面是三個月後的畫面。

這是怎麼回事？這個系統可以預見未來嗎？

少年開始逐一調查認識的人的資料夾，不論哪個資料夾都記錄著過去和未來。能夠記錄未來的技術已經開發出來了嗎？不，不可能的。

少年得到了一個恐怖的結論。

完全相反，這不是從「腦髓」來的紀錄，而是之後會透過「腦髓」下載的程式。人們通通按照這個程式行動，這個安定的社會靠著完全奪走人們的自由意志才得以成立！

所有人的人生都是在這裡製造，透過「腦髓」送給所有人。每個人都像機器人一樣沿著那些製作好的人生活著。

父親說的話、好友與少女說的話，通通都是這間工廠製造出來的。一想到自己的人生被那種東西玩弄，少年的眼淚就要奪眶而出。

我不能任憑這種恐怖的陰謀橫行於世，但是我該怎麼做？

告訴所有人這件事情嗎？沒有證據的話，不會有人相信我。可是要從這裡帶出證據實在太困難了。而且人們全都被這間工廠控制，無論我說什麼可能都是白費工夫。

既然這樣，那我就破壞這裡吧。雖然我不知道只有一人能做到什麼程度，但是精密機械的話，應該稍微破壞一下就能造成很大的損害。這間工廠當然會立刻重建，其他地方也還有很多工廠吧，但我還是要不斷地破壞每一間工廠。若是慢慢地向創造出這個系統的那群傢伙報仇的話，或許就能夠達成很大的改革。

對了，我要成立組織。將這個事實告訴同樣是「天然腦髓」的伙伴。雖然數量不多，但是「天然腦髓」存在於社會的各個角落。大家團結一致，進行破壞行動的話，應該會是很大的威脅。

但是如果眞的這麼做，那麼我就成爲恐怖分子了，這樣眞的好嗎？

不，打算操縱人們思想的那群人才是眞正的恐怖分子。我只是要將社會導正回本來的樣子，我才是正義的一方。

總之先消除這裡的資料夾，停止系統的活動。這樣一來，就沒有被下載的程式，人們也能取回他們的自由意志。

少年輸入消除資料夾的指令。

沒有任何反應。

冷靜一下，這些資料夾當然會有安全防護。那就不用電子式的破壞，從物理層面加以破壞吧。

少年環顧四周，立刻發現了一束電源線。

他試著切斷電源線，但是毫無辦法。

他舉起椅子，砸向最靠近電源部分的裝置。

啪嚓的聲音響起，所有螢幕一起黑掉。

太棒了！

但是，下個瞬間，螢幕再度亮起。

看來是有備用系統，那就再一次。

正當少年打算用椅子砸別的裝置之際，有人抓住了他的手。

他尖叫出聲，將椅子丟了出去。

「不要做這些沒用的事情。」老太婆開口，「你再怎麼做都是一樣的。我開發的系統可是無與倫比的堅固。不過，如果你覺得這樣做才會開心，那你就繼續吧。嘿嘿嘿。」

老太婆的手指像是樹枝一樣又冷又硬都是繭，指甲就像小刀一般銳利。

少年一屁股摔在地上，往後退的同時問道，「妳是誰？」

「我是程式設計師。」

「我是程式除錯師。」老太婆身後，又出現另一名老太婆。

「這個系統是妳們做的嗎？」

「是啊，我們一起做的。」除錯師回答。

「不，我一個人做的。」設計師回答。

兩名老太婆互相瞪著對方。

「也就是說，這位負責程式，另一位負責除錯嗎？」

「沒錯。」設計師說，「說穿了，除錯根本不會實際製作，只是確認動作是否正確而已。」

「沒有除錯的話，設計師根本連屁都不是。我告訴你，有除錯才有程式。」

兩名老太婆互相瞪著對方。

「請妳們之後再慢慢討論是誰做的。」少年說道，「總之請立刻停止這個系統。」

「停止這個系統？」設計師說道，「爲什麼要這麼做？」

「就是說啊。」除錯師也說，「我們好不容易才能控制人類感情吶。」

「就算是控制人類感情，但是如果沒有自己的意志那也沒有意義啊，妳們難道不知道嗎？」

「大家都是憑自己的意志安裝的喔。雖然小孩子是由監護人決定的。這有什麼問題？」設計師說道。

「我不是那個意思。我不能忍受的是妳們的作法。妳們把人變成機器人，讓他們按照妳們寫的劇本行動，我不能允許這種事情。」

「你為什麼不能允許呢？」除錯師問。

「因爲妳們奪走了自由意志，自由意志是絕對不能從人類身上奪走的尊嚴。」

兩名老太婆互看一眼後，指著少年，大笑了起來。

「哈哈哈哈，妳聽到了嗎？他說什麼自由意志呢。」設計師笑到眼淚都流出來了，還是笑個不停。

「有什麼好笑的？」少年感到不滿。

「我們才沒有奪走你們的自由意志，你爲什麼這麼想？」

「因爲妳們現在不就按照自己的意思控制人類的精神嗎？」

「啊，或許也可以稱之爲控制吧。我們的工作幾乎都是記錄與計算喔。我們根據從『腦髓』得來的情報，分析每個人的大腦特性。你也看了每個人的紀錄了吧？」

「那不只是單純的紀錄，不可能有未來的紀錄。」

「對。未來的部分——嚴格來說，也包含現在與上次上傳後之間的過去——並不是紀錄。」設計師說道。

「我們透過從『腦髓』得來的情報建構每個人大腦的模式，然後再用那個算出爲了讓人擁有正確感情的必要補正數值。」除錯師說，「至於未來，換句話說就是模擬。」

「就算如此，也是一樣。所有人都按照模擬結果行動，妳們還是奪走了自由意志。」

「我剛也說過了，我們根本沒奪走什麼自由意志。」設計師說。

「對，我們根本沒奪走什麼自由意志喔。」除錯師說。

「爲什麼要說這麼容易被戳破的謊話？這裡不就有證據嗎！」少年憤怒地質問兩人。

「我們沒有奪走你們的自由意志。因爲，本來就沒有的東西，要怎麼奪走呢？」設計師說。

「對、對，眞是莫名其妙的誣陷吶。」除錯師說。

「怎麼可能？人人都有自由意志是基本常識啊。」

「沒有那種東西。我們也是拚命地在大腦中找了，但是到處都找不到。」設計師說。

「對對。大腦會從感覺器官接收各式各樣的情報，然後對外發布各種情報。不光是說話或寫字，一舉一動都在發送著情報，也就是情報的輸入和輸出。大腦不過是按照著既定的步驟，將輸入情報轉換成輸出情報的情報轉換器罷了。」除錯師說。

「不可能，這樣簡直就是說大腦，」少年感到一陣暈眩，「不過是給予一定的刺激的話，就會產生一定的反應的精密機械而已嗎？」

「是啊，大腦是相當出色的機械喔。」設計師說。

「是啊，看來你很了解嘛。」除錯師說。

「不可能，至少沒有安裝『腦髓』的人一定有自由意志。」少年反駁老太婆的話。

「哪裡有自由意志存在的證據？」設計師問。

「當然有，我就是。我知道我有自由意志。」

「哈哈哈哈，」除錯師笑了，「你要怎麼證明？」

「我沒有必要證明。我自己最清楚。妳們一定也感覺自己有自由意志才對。」

「我不相信沒有經過證明的事情呢。」設計師說。

「我實在很難相信自己有自由意志。」除錯師說。

「既然這樣，那妳們證明給我看，證明這世上沒有自由意志。至少這裡有我一個擁有自由意志的人，妳們很難讓我相信我沒有自由意志的。」

「你剛剛已經用系統看過個人的紀錄了吧。」設計師說。

「對，但是那些全都是被『腦髓』奪走自由意志的人。」

「你用自己的名字檢索看看。」少年馬上就察覺到除錯師似乎想看好戲。

怎麼可能，他心懷不安地檢索自己的名字。

出現了複數的資料，他從出生年月日的附屬資料立刻就知道哪個是自己。

「為什麼會有我的資料？我明明就沒有安裝『腦髓』。」

「你不要小看我設計的系統。」設計師說。

「不要小看我們設計的系統喔。」除錯師說。

設計師瞪了除錯師一眼，「這個系統基本上是直接從本人大腦採集情報，分析大腦特性，不過也不是非得要本人的大腦才可以。」

除錯師將設計師推到一邊，「就算不是從本人大腦，也可以間接從他周圍人們的所見所聞中抽出情報，分析那個人的大腦特性，預測他的言行舉止。」

「只是準確度會差很多，這也是沒辦法的事。」設計師說。

「直接裝上『腦髓』是最好的辦法。」除錯師說。

少年不理會老太婆的話，打開了資料夾。

一開始是少年出生的場面，恐怕是從母親和醫生的「腦髓」再構成的。

少年繼續往前看。

觸碰父親「腦髓」的紀錄，這個剛剛看過了。

上小學前，和好友一起玩耍的少年。這是利用安裝了「腦髓」的其他孩子的資料嗎？

小學時代的少年和好友。然後上了中學後，從好友角度看見的少年影像突然鮮明起來。

不久，他和好友疏遠後，在學校時的少年影像便變得很模糊了。因爲沒有什麼會注意他的同學嗎？

接著是高中時代——少女出現了。少年大幅跳過這段時間的紀錄。

「爲什麼要跳過？」設計師問道。

「我知道喔，那是青春的疼痛吶，哈哈哈。」除錯師回答。

畫面上出現了前往腦髓工廠的少年，影像非常不清楚。

「這是怎麼回事？有人在監視我嗎？」

「誰要做那種麻煩事？」設計師說。

「這是模擬結果。我們從你的朋友、那個女孩子跟你父母的資料，在系統上構成了你的大腦模型。這個結果是從你自己希望安裝『腦髓』得來的。」除錯師說。

「而且我們也早就知道你的腦袋是規格外。」設計師說。

「因爲知道這件事情，所以我們也知道那個腦髓師會勸你來腦髓工廠。因爲我們也建構了他的大腦模型。」除錯師又說。

「我把那個情報輸入你的大腦模型，所以就知道你今天這個時候會來。」設計師說。

「我們也知道那個時候會有那個蠢蛋在這裡。」除錯師說。

「我將情報輸入那個蠢蛋的大腦模型後，就知道他笨手笨腳的，會讓你害怕。」設計師說。

「將那個情報輸入你的大腦模型後，就知道你會闖進這個房間了。」除錯師說。

「然後也知道你會誤解這個房裡的資料，進而打算破壞它們。」設計師說。

「全部都按照預定進行。你的大腦就像機械一樣，正確地按照早就決定好的路線行動。」除錯師說。

「妳們一直注意我，預測我的行動嗎？」少年不快地問道。

「我們才沒特別注意你，到目前爲止的事情都是系統自動進行的。」設計師說。

「是啊。不論有沒有安裝『腦髓』，我們建構了所有人的大腦模型，預測所有人的行動。」除錯師說。

「雖然安裝了『腦髓』的人的準確度比較高，但是基本上是沒有什麼差別的。」設計師說。

「系統知道這次你會入侵這裡，發出了警告。因為很有趣，所以我們特別來參觀。」除錯師說。

「怎麼可能，這些都是騙人的。妳們為了讓我吃苦頭，才準備了這些影像。一定是這樣的。」

「你為什麼會這樣想？」設計師問。

「因為……」少年試著反駁，「人類不是機械，怎麼可能預測人類的行動？」

「人類不是機械？你為什麼說得出這種話？」除錯師說。

「我剛剛不是說了嗎？」少年大喊道，「因為人類有自由意志，這是誰也無法奪走的人類尊嚴！」

「哈哈哈哈哈哈！」設計師笑到流淚。

「哈哈哈哈哈哈！」除錯師笑到流淚。

「有什麼好笑的！」少年尖聲大叫。

「因為你還在嘴硬啊。」設計師說。

「因為明明就沒有，你卻硬要說有啊。」除錯師說。

「自由意志就在這裡！」少年拍著胸膛說，「就在這裡！誰都不能否定！就像我知道自己的身體就在這裡，我也能夠實際感受自己的自由意志！」

「那是錯覺，幻想。」設計師說。

「大腦就是設計成可以讓你有那種感覺的喔。」除錯師說。

「如果妳們就是要說沒有自由意志的話，那就證明給我看！讓我相信我沒有自由意志！」

「那還不簡單，你剛剛不是看了那個女孩子的資料夾嗎？」設計師說。

「對啊。你看你自己的資料夾就好了。」除錯師說。

少年看著顯示自己資料的畫面。

現在正好顯示出畫面中的少年打算進入腦髓工廠的模樣。

他稍微快轉一些時間。

中年男人出現了，他本來想趕少年回去，但是一知道他是爲了安裝「腦髓」而來，就打了電話到某處。

再稍微快轉一點。

男人取出破破爛爛的說明書，開始改造「腦髓」。他將「腦髓」舉到被綁在椅子上的少年的頭上。少年千鈞一髮地掙脫皮帶，逃了出來。男人摔過椅子，倒在地板上。

少年在工廠中四處亂逃。

少年注意到低沉的噪音，接近了某個房間。

少年靠近某一個螢幕，觸碰了儀表板。

陌生人的資料，雙親的資料，少女的資料，好友的資料……

少年的心當然不會顯示在畫面上，但是他並沒有忘記剛剛才經歷過的情緒。畫面中的他應該正深深地爲了人類被奪走自由意志而憤怒不已。

少年想要消除資料，卻無法消除。

他抓起椅子，往電源裝置砸下。

系統雖然當了一下，卻立刻就恢復了。

少年打算繼續進行破壞。

兩個老太婆出現。

反覆的奇妙問答。

畫面中的時間漸漸接近此刻的時間。

「自由意志就在這裡！」畫面中的少年拍著胸膛說，「就在這裡！誰都不能否定！就像我知道自己的身體就在這裡，我也能夠實際感受自己的自由意志！」

「那是錯覺，幻想。」畫面中的設計師說。

「大腦就是設計成可以讓你有那種感覺的喔。」畫面中的除錯師說。

「如果妳們就是要說沒有自由意志的話，那就證明給我看！讓我相信我沒有自由意志！」

「那還不簡單，你剛剛不是看了那個女孩子的資料夾嗎？」畫面中的設計師說。

「對啊。你看你自己的資料夾就好了。」畫面中的除錯師說。

畫面中的少年快轉自己資料夾的時間。

時間很快就要追上。

到時候會發生什麼事情？我會變成怎麼樣？

「好了嗎？馬上就要追上嘍。」設計師說。

「好了嗎？馬上就要追上嘍。」畫面中的設計師說。

「還有一秒左右吧？」除錯師說。

「還有一秒左右吧？」畫面中的除錯師說。

少年已經沒辦法停下自己的行動。

他將時間快轉到更前面。

畫面外的時間和畫面中的時間流動完全一致。

「你打算怎麼辦？」畫面內外的設計師說道。

「妳們打算讓我看到我自己的未來吧？那我就如妳們所願！」畫面內外的少年說道。

「我可要警告你，」畫面內外的除錯師說，「看過未來的人一定都會爲此後悔，陷入不幸，你有這個覺悟嗎？」

少年的指尖顫抖著。

畫面內外的兩個自己的時間已經完全同步。若是就這樣讓畫面中的時間往前進會發生什麼事情？是畫面中的自己先行動，畫面外的自己跟著做嗎？

不，不可能的。

如果發生那種事，自由意志就再也不存在了。

「看或不看都隨你便。」畫面內外的設計師說。

「你要不看，直接回家也可以。這樣的話，你眼前應該會是平穩的人生在等著你。」畫面內外的除錯師說。

畫面內外的少年大叫著，快轉了時間。

「果然，他還是看了自己的未來呢。」設計師微笑了。

「就像系統預測的呢。」除錯師微笑了。

已經不再是少年的他醒了過來。

又是一如往常的無聊一天的開始。

他深深地嘆了口氣。

是對他的嘆氣有反應嗎？睡在一旁的妻子哼了一聲後，翻了個身。

和那個少女完全不像的女人，然而，他和這個妻子結婚了。

他在和妻子相遇的很早之前就看過她的模樣，也完全知道陷入情網的契機，所以他絲毫感受不到戀愛帶來的興奮、不安，或是其他任何感受。只像是漠然地達成業績目標似的，走上早已被決定好的道路，說著情話，然後結婚。

我愛這個女人嗎？

自問自答也得不出答案。

不出於自由意志談的戀愛，眞的能叫戀愛嗎？但是如果那不是戀愛的話，那麼這世上就沒有戀愛了。

三年之後，他將會和妻子離婚，原因是他不管家庭。

他再次深深地嘆了口氣。

不知道妻子到底是有意還是無意，她嘖了一聲。

未來已經開始了，她剛剛的那一聲包含了一切。

他小心著不吵醒妻子，下了床接著打開了電視。

他看著日曆，心想，對了，就是今天。

打開電視的瞬間，一個政治家開始說明新的法案。

這個之後被稱爲「腦髓法」的法案規定了全國國民都有安裝「腦髓」的義務，只有腦髓師可以免除。

他明年開始也要安裝「腦髓」了。不過就算安裝了「腦髓」，未來也不會有任何變化。

他閉上雙眼，開始「預習」今天。

今天上司會向他說明新的計畫。這個計畫的前半年雖然一切順利，之後會迅速出錯，帶給公司巨大到無法重新站起的打擊。他身爲新計畫的中心成員之一，所以被迫負起責任後離職。之後因爲新公司的工作非常忙碌，導致三年後的離婚。

不過這是還早的事情，今天只要聽上司說的話就可以了。

沒有任何新鮮事。

沒有任何值得驚訝的事情。

從那天起，我就過著和吃沙沒有兩樣的日子，今後也將繼續。

我爲什麼會做那種蠢事？

他每天都爲自己的行動懊悔不已。

但是他確實相信自己會在腦髓工廠看自己的未來。

因爲他沒有不看未來的自由。

他全部的人生都如那天看到的映像管的影像所預測的，沒有任何脫軌之處。

他甚至不被允許對抗未來，所有選擇都被封閉了，他只能走向早已被決定好的，唯一的那條路。

他永遠失去自由了。

在還是少年的時候，自由應該的確存在的，然而一切都猶如幻象般消失了。

不，自由從一開始就不存在，我只是陷入自以爲有自由意志的錯覺罷了。

那眞是幸福的錯覺啊！

來。

他不停地祈禱能夠回去自以爲有自由意志的那個時候，然而，他知道那天永不會到來。

永遠不會發生新鮮事的人生，永遠不會發生不可思議的事情的人生，永遠不可能再心跳不已的人生。

他的樂趣只剩下扳著手指數著那天的到來還有多久而已。

他很清楚那天會在何時到來，這是唯一的救贖。

對，他只能夢想著一切終將結束的溫柔時刻。

2

朋友

鮎川美智朝我的方向走來。

我倒抽一口冷氣。午休馬上就要結束了，大家都回教室了，走廊上沒有任何人，只有我跟鮎川。

鮎川雖然瞄了我一眼，但是並沒有任何在意的神色，逕自朝自己的教室走去。我也裝成沒看見她的樣子。明明沒有必要，卻拿出學生手冊快速翻閱，即使眼角還是緊緊地跟隨著她的身影。

從她的表情看不出來有什麼好惡。對她而言，我大概和路邊的花草沒兩樣吧。

我也注意著自己的表情。在我的想像中，聯繫大腦和臉部肌肉的所有神經全部都失去了功能。

我的臉頰抽動了一下。

她沒有任何反應。

我做好心理準備，慢慢地走著，希望能夠在她製造出的力場中待久一點。

上課鈴聲響了。

鮎川小跑步起來。

我不知道該怎麼辦，楞楞地站在原地。

我們擦身而過的時候，她的手肘碰到了我側腹。

絕頂幸福的瞬間。

學生手冊從我的手中飛出去，滑到走廊上。

她停下來，看著我。

我沒有看她眼睛的勇氣，我總覺得她一定在瞪我，所以我低下頭去。

那段時間既短又長，然後她那令人憐愛的腳步聲，再度響起。

我彎下腰，撿起學生手冊。

我是個膽小鬼，從來沒有事情是如我期望發展的。就算明明是對方的錯，我還是一句抱怨都不說。雖然我也覺得這眞是有夠莫名其妙，都是我在吃虧，然而我天生如此，實在沒有辦法。

不，眞的是天生如此嗎？我有點懷疑。畢竟只要是人，都會覺得自己最可愛吧。我並不是因爲喜歡才變成這種性格的，一定有什麼原因。這麼一想，我就知道問題大概出在哪裡了。

我的母親認爲應該要嚴格斥責孩子才對，愈是斥責孩子，那麼孩子就會變得堅強、聰明又認眞。若是太寵孩子，那麼他們一定會愈來愈不受教，愈來愈糟糕。因爲她抱持著這種信念，所以我從小就不分事情輕重，總是被嚴厲斥責。

用被蠟筆弄髒的手去摸棉被，平假名的筆順錯誤，考試沒拿滿分，蛀牙，半夜大聲喊叫，家長參觀日沒有舉手，才藝表演會時沒有被分配到有台詞的角色，摸野狗，每到春天鼻子就過敏。

特別是每到吃飯時，母親的情緒總是會特別高昂，容易生氣。我只要一挨罵，就會失去食欲，吃不下飯。這樣一來，母親就會更生氣地罵我，為什麼不吃她拚命做的飯？然後我就會硬逼自己舉起筷子，但總是食不知味。

母親本來都吃得很少，這種時候反倒會吃個不停。

反正本來做什麼就都做不好，如果終究都會挨罵的話，還不如什麼都不做。

不久後，我就成了有這種價值觀，絕不主動做任何事情，沉默又無趣的孩子。

所有孩子都對這種味道非常敏感。欺負人的孩子並非不管對象是誰，都會隨意欺負。他們是在日常的往來中，慢慢知道誰有反擊能力，誰沒有。當他們認為某個人可以欺負後，一開始會以能被當成玩笑蒙混的輕度攻擊開始。若是遭到欺負對象出乎意料地抵抗時，他們就會發現自己找錯對象，接著便放棄這個對象，開始找尋新的犧牲者。

追究原因，不光是欺負人的孩子，也有人認為被欺負的孩子也是問題之一，或許眞是如此。但是，就算被闖空門的人家是因為他們沒有注意門戶安全，被侵略的原因是因為自身的軍備不足好了，這些都不足以讓加害者免除責任，讓被害者遭到責備。孩子之間的欺負也是如此。而且相對於出於自己的意志選擇成為欺負人的孩子，沒有人是自願成為被欺負的對象的。

然而，母親卻要我被欺負時，反抗回去就好。眞是離譜至極的建議，如果我有反擊的能力，一開始就不會成為被欺負的對象了。

我唯一辦得到的戰略就只有拚命地不引人注意。一旦遭到欺負後，不論是卑躬屈膝，或是毅然面對，結果都不會有所改變。這不是在玩什麼對等的遊戲，只能靜待風暴過去。

有個電視動畫的角色，他戴著眼鏡，身邊跟著一隻値得依靠的貓型機器人。他跟我一樣都不擅長運動，膽小怕事。智力方面，我大概是贏他的。可是，我沒有任何人可以依靠。我比他慘上千百倍。

當我察覺時，我已經開始夢想著自己的理想模樣。

我對一切都抱著明確的自信。我的運動能力並不是特別優秀，但是因爲我有出色的判斷能力和力氣，所以經常在比賽中取得好成績。而且我有著堅定的信念，在學校裡是風雲人物，老師也非常信任我。母親很清楚我的性格，對我採取放任主義的教育方針。我總是照著自己所想的行動，正好和周遭對我的期待完全一致。

不過這個完美的我有時也會被人找麻煩。

「喂，我忘記便當了！去買麵包給我！」一臉蠢樣的傢伙大概是爲了讓自己看起來更嚇人，故意壓低聲音說話。

「忘記便當是你自己的問題，和我沒有關係。」我坐在座位上，靜靜地回答，「想吃麵包的話，自己去買。」

（「咦？不、不行啦。第四節課馬上就要開始了。」我從對方的眼睛移開視線。）

「你說什麼？你以爲你在跟誰說話？別給我囉囉唆唆！給我去買就是了！」

（「開始又怎麼樣？反正老師也不會發現！」）

「想吃麵包的話，就自己去買。如果不要，那就餓著肚子忍耐。總之和我沒有關係。我很忙，你趕快給我走開。」我決定不再跟他說下去。

（「但是，如果老師發現的話，怎麼辦？我會變成曠課耶。」我嘗試逃離這個難題。）

那傢伙咚的一聲拍了我桌子，還狠狠地瞪著我。我絲毫不害怕地瞪回去。

（「到時候我再幫你混過去！就說你不舒服去保健室，總行了吧！」）

他的左手抓住我的胸口，拉起我的上半身，右手握拳，往後伸去。看起來是打算揍我。

（「午休開始再去不行嗎？」我試著讓對方冷靜。）

我用力地站了起來，因爲他還抓著我的胸口，一時無法反應，身體失去平衡。

（「嘖！你還眞膽小！好吧！那你就午休開始之後，五分鐘內給我買回來！」那傢伙像是以「好吧！就放你一馬」的口吻說著。）

我看準他支撐身體重心的那隻腳，用腳掌踢了那隻腳的膝蓋。

「哇！」他慘叫一聲，倒在地上。

（「呃……那個……你可以先給我錢嗎？」我雖然早就知道答案，但還是抱著一絲希望，戰戰兢兢地問他。）

「你、你幹什麼！」那傢伙急忙站起來，周圍同時傳來了笑聲。不知何時，所有同學都注意起我們的對話。

（「錢？我今天也忘記帶錢了！借我啦！」果然是意料之中的答案。）

他變得滿臉通紅，被那麼多人嘲笑，顯然嚴重傷害了他的自尊。

「王八蛋！你當我白痴啊！」他從口袋裡取出刀子。

（「我、我知道了。我借你麵包錢。便宜的就好了嗎？」我完全放棄抵抗地問道。）

當他拿好刀子的瞬間，我踢了他的手。刀子從他手中飛出去，在空中轉了幾圈後，開始往下掉。所有人立刻遠離他們預測的落下地點，刀子直直地插在眾人圍起來的圓圈正中央。

（「錢包給我拿出來！」他以高壓的態度命令我。

我慢吞吞地從口袋裡拿出錢包。）

「喂，怎麼了？發生什麼事情？」一些老師聽到騷動，走進教室，「咦？這刀子是怎麼回事？」

（他翻開我的錢包，從裡面抽出鈔票。「什麼？只有這些嗎？真受不了！就放你一馬吧！我把零錢留給你，你就用那些買麵包來！」他把我的錢包丟到桌上。還好我很小心，事先把幾張鈔票拿出來藏好，至少不是全部的財產都被拿走。）

我沒有回答老師的問題，只是露出微笑，在椅子上坐下。女生已經開始跟老師講事情的經過了。

「是嗎？在這麼多目擊者眼前使用刀子的話，那就不能包庇了。」一名老師露出沉痛的表情，「看來得聯絡警察了。」

其他老師也同意。

（我鬆了口氣，正要將錢包放回口袋之際，有什麼東西飛了出來。是我藏起來的鈔票。我把它們藏在口袋裡，不知道怎麼搞的飛了出來。我慌慌張張地伸手去撿，那傢伙卻連手帶鈔票地踩住了。

「喔！你腦袋還眞好吶！」他把手伸進口袋，演戲似的說，「但是破綻太多啦。」接著全身加大力道踩著我的手。）

「吵死了！」他像是被逼到絕境的野獸般吼叫著，「我要殺光你們！」他打算動手毆打其中一個老師。

我迅速地把腳伸到他的前面，他狠狠地在床上摔了一跤。我抓住他的手後，轉了一下把他壓在地板上。

周圍響起一片掌聲。

（「好痛、好痛！」我試著要將手抽出來。

他突然抬起腳，在反作用力解放下，我一屁股地摔在地上。

周圍響起一片笑聲。）

我想到了一件有趣的事情，那麼威風凜凜的我是眞的存在的。

當我獨自在房裡，或是單獨走在路上時，我會一邊想像著理想的自己。一開始要想像自己時是滿困難的，一旦習慣後，只要花上幾秒就可以想像出來。比起照鏡子，用照片更能抓住特徵。鏡子中的自己經常會變成觀察者，怎樣都沒辦法客觀地看待自己。

只是單純想像外表的話，沒什麼意思。我想像著他在房間裡或是在外面走路的具體模樣，我盡可能地詳細想像另一個我走路時壓在榻榻米上的重量乃至於飛起來的塵埃。

理想的我應該也能成爲我理想的商量對象。基本上，另外一個我如何說話行動，也都是我決定的，所以不會超出我自身的思考範圍。但是若能將現實的自己的問題釐清，對解決問題應該也有效果吧。

首先，我試著問對方我的問題。另一個我思考了一會兒後，會告訴我適切的答案。當然，實際上思考答案的人是現實中的我。只是我好奇理想的我會怎麼回答。一開始要花很多時間才能發現答案，漸漸習慣後，反應便愈來愈快。後來，就變成幾乎是活生生的兩個人在自然談話了。如果將這感覺比喻成自己和夢中的登場人物對話，應該就容易理解了吧。我曾經讀過一篇文章說，小說中的人會自己行動，不受作者掌控，或許也有點接近那種感覺。另外一個我是我，也是我的老師，也是朋友很少的我獨一無二的好友。

「最近，我不是被那個白痴找麻煩嗎？」我坐在書桌前的椅子上問我，「我被教訓了一頓，你卻很簡單就解決了。要怎麼樣才能像你那樣冷靜應對呢？」

「什麼啊，這很簡單啊。」我在書桌上坐下，雙手抱胸地回答我的問題，「就是預測。對方接下來想做什麼。我對於對方的行動，應該怎麼反應。那麼對方又會怎麼反應。就是這些預測的累積。」

「可以的話，我也想這麼做啊。」我不滿地噘起嘴，「但是只要他靠近我，我就會害怕地心臟狂跳，眼前一片黑暗啊。」

「爲什麼會害怕？我一點都不怕喔。」

「他比我壯太多了。要是吵起來，我一定是挨打的。」

「你爲什麼這麼確定？一開始就想著輸的話，是絕對贏不了的。我一開始就知道自己會贏，所以一點都不害怕。」

「你眞是有自信。但是我問你，你有任何自己一定會贏的保證嗎？」

「也沒有一定會輸的保證啊。」我對我露齒一笑，「現實中，勝負雙方都不過是可能性的問題而已。」

「你果然也是這麼想嘛。」

「你聽我說完。我們做的是主觀的預測，和棒球或賽馬那種客觀的預測不一樣。」

「主觀的預測？」我一瞬間聽不懂我要說什麼，我跟不上對話展開的方向。

「不論我們怎麼預測棒球的結果，對於結果本身沒有任何影響，預測和結果是獨立的。但是講到你和欺負你的傢伙的對決，那就不一樣了。預測大大影響了結果。你覺得會輸，那就會輸；你認爲會贏，那就會贏。」

「沒那回事，就算我想說我會贏，還不是有輸的時候。」

「的確是這樣，但是如果想著會輸，那就根本不可能贏。正因爲想著會贏，所以才會有勝算：如果想著輸的話，就絕對不可能贏。運動選手、學者、政治家、棋士都是這樣的，一流的人總是相信自己會贏。相信自己會勝利是勝利的必要條件。若是想著輸也無妨的話，那就什麼都沒有。」

「你講得倒容易，但是我在現實中一直都在輸喔。我根本不覺得自己可能會贏。」

「這是惡性循環。一旦眞的輸了，就會更相信輸這件事情。乍看之下，好像很有道理，但我不這麼認爲。沒有一開始就很強的人。就算一直輸，只要持續抱持著有一天自己一定會贏的自信，就會成爲勝利者。你對自己沒有自信，是有其他原因的。」

「其他原因？」

「你太害怕失敗了。恐怕是因爲只要一失敗就會被嚴厲地責罵。就算成功的機率比較大，只要有一點點失敗的可能，那就不值得挑戰。這點深深地烙印在你心裡深處。」

「我要怎麼做？要怎麼做才能變強？」

「首先必須嘗到勝利的滋味。」我的雙眼散發出奇怪的光芒，「勝利的記憶會讓自己確信下次也會勝利。」

「如果可以這樣的話，我也不會那麼辛苦了。」

「不用擔心，我幫你做，我就是爲了這個目的才出現的。」

鮎川美智朝我的方向走來。

我倒抽一口冷氣。午休馬上就要結束了，大家都回教室了，走廊上沒有任何人。只有我跟鮎川。

鮎川雖然瞄了我一眼，但是並沒有任何在意的神色，逕自朝自己的教室走去。我停下腳步，盯著她看。

她的表情開始出現微妙的變化。

我再繼續盯著她看。

鮎川的速度明顯地慢了下來，臉頰也漸漸紅了起來，然後她終於也停了下來。她露出疑惑的表情，回看著我，似乎是希望我說些什麼。一定是想知道我為什麼盯著她看吧。但我還是什麼都沒說，只是凝視著她。

「怎麼了？」鮎川終於忍不住了嗎？她開口問我，「我的臉上沾了什麼嗎？」

「不是，」我搖搖頭，「妳臉上沒沾任何東西。只是……」

「只是？」鮎川向我走近一步。

「沒事。啊，妳不快一點就要遲到了喔。」

「怎麼了，這樣很讓人在意啊。你到底想說什麼？」

「真的什麼都沒有啦。真傷腦筋。」我抓了抓頭。

「我才傷腦筋。莫名其妙在走廊被那樣看……」

「那樣看？」

「你不是在看我嗎？」

「妳說我看妳？」

「沒有嗎？」鮎川有點尷尬地說，「那是我誤會了吧。」

我慌張地搖頭，「不不，妳沒有誤會。我的確是在看妳……」

「那你果然看了嘛。」

「我沒打算盯著妳看啦。」這次換我尷尬地說了。

「我沒說你盯著我看喔。只是你一直看我，我覺得很不可思議……」鮎川閉上嘴，以像是「輪到你說話了」的眼神，凝視著我的雙眼。

我也沒說話，只是回看她的雙眼。她很可愛地歪了歪頭，大概是對我的行動感到驚訝吧。但我仍舊無言地凝視著她，她又臉紅了起來，低下頭去。

上課鐘響了。

「糟糕，我得去上課了。」鮎川的視線在自己教室的方向和我的臉孔之間反覆著，「怎麼辦？」

「那麼，今天下課後如何？」我提出建議。

「咦？什麼意思？」她焦急起來。

「我在車站前的書店等妳，我們在那裡談吧。」

「咦？我……怎麼辦？」

可以看見從走廊盡頭的樓梯走向各間教室的許多老師的身影。

「如何？不來嗎？」我催促鮎川。

「好，我去。去書店就可以了吧。」鮎川脫口而出。

我在她還無暇反芻自己說的話之前，就小跑步地往教室去。

鮎川似乎楞了一下，幾秒鐘後也一樣往教室前進。

我和她沒有同班過，所以她應該對我毫無印象。相反地，我的心頭卻經常出現她的身影。鮎川是我心中理想女性的具體呈現。

她有時候會仔細將留到肩膀的純黑秀髮綁成辮子。她的肌膚不會太白也不會太黑，恰好是能夠抓住我的心，明亮溫暖的顏色。眉毛很細，形狀很清楚，柔和了臉上表情。眼尾雖然有點往上吊，但因爲圓圓的，眼珠也很大，所以完全不會給人脾氣不好的印象。鼻子和嘴巴都小小的，看起來很高雅，嘴唇有些翹翹的，讓她看起比實際年齡小一點。雙頰很有彈性，帶著淡淡的桃紅色，只要興奮起來，立刻就會變紅。紅通通的臉頰，有時候會給人滑稽的印象；但是她的紅色臉頰卻是健康美的象徵。她的個頭有點高，但是手腳不會過長，身體和頭部之間有著適當的均衡。體型則是開始要從小孩轉變爲成熟的女性了，可以從她的衣服上看出她身上渾圓的部分。她的臉孔和身體毫無稜角，看來十分柔軟。

她的成績稱不上特別優秀，但是因爲認眞念書，經常維持在中上的水準。雖然沒有參加運動類社團，但是只要看到她俐俐地在跑道上衝刺的模樣，我的心跳便高昂起來。

至少在我所知的範圍內，沒有人說過鮎川的壞話，她身上沒有任何陰影。她似乎有一點點少根筋，所以我聽過她的一些小失敗，但那都是可以用來反襯她人品好的可愛小插曲。她不會欺負人，也沒被欺負。雖然我沒親眼看到、親耳聽說，不過據說她曾經數次保護被欺負的同班同學。一般來說，做了這種事的話，通常也會成爲被欺負的目標。

然而事情沒有演變至此，一定都是因爲她很有人望吧。

只要看見她的模樣，我就會飄飄然。如果能和她說話，那一定會幸福得像升天了吧。如果鮎川能成爲我的人，要我拋棄一切，我也不會後悔。

只要獨自一人就叫出理想的我，已經是我每天的例行公事。實際上我偷偷把另外一個我取了「分身」這個名字。我也不知道自己爲什麼要這麼做，但我只能說分身是我獨一無二的好朋友。我盡量不去想他是我的一部分，所以才會給他一個固定的名字吧。

「你對自己有自信一點了吧？」分身像是走平衡木一般走在書桌邊緣。

「嗯，算是吧。」我曖昧地回答。

「『算是吧』？」分身維持著那個姿勢，往上一跳。他似乎是打算以腳尖著地，但是力氣太大撞上了天花板。隨著鈍重的聲音響起，分身摔在地板上。「抱歉、抱歉。」分身摸著頭，站了起來，「我太得意忘形了，忘記把天花板高度列入計算。」

「你平常都很冷靜，居然會犯這個錯，還眞稀奇。到底怎麼了？」

「什麼怎麼了？」分身激動地說，「在說不定可以和理想的女人交往的緊要關頭，有誰能夠冷靜啊。我當然會散漫了。」

「說不定可以和理想的女人交往的緊要關頭？你在說誰？」我有種暈眩的感覺。

「當然是鮎川美智啊，講到理想的女人，不就只有她？」

鮎川美智？他是說鮎川美智？

「和鮎川美智交往是怎麼回事？」我不禁大聲了起來。

「就是和『鮎川美智交往』的意思。順便一提，也就是『男女朋友』。」

「你跟鮎川美智交往？到底是誰跟她？」我這次在意起周遭的狀況，小聲地問。

「我——你。」

「怎麼會變成這樣？」

「你冷靜一下。」分身將手放在我的肩膀上，「今天你跟她在放學後見面了喔。」

「咦？怎麼可能……因爲，我放學後就立刻……咦？」

放學之後，怎麼了？下一個瞬間，我就開始湧現出和鮎川在書店見面的實際感受。

「沒錯。我今天和鮎川說話了。」幸福感包圍著我，「但是很奇怪，我記得我下午在走廊上碰到她時，一句話也沒說。」

「說了、說了，你們約好在書店碰面。」

「聽你這樣說，好像眞的是這樣，但我的印象就是很模糊。」

「不論清不清楚，總之你就是跟她在書店見面了，所以你們一定在走廊上講話了。」分身嘆了口氣，「你振作一點啊。」

到底是怎麼回事？發生了什麼事情？我知道事情似乎進行得很順利。但是有可能我在不知道的時候，自己採取行動了嗎？

「是你跟鮎川說話的嗎？」我質問分身。

「這眞是毫無意義的問題。」分身再次跳上書桌，「我就是你，所以不論我做的，還是你做的，根本就沒辦法區別。我做的事情會直接變成你做的。」

「確實應該是這樣沒錯，但是好奇怪啊。」我對於無法順利表達自己的意思有點焦躁，「如果是自己做的事情，就算不用別人講，也會知道啊。但是我卻到你跟我說了之後，才知道我跟她說過話。」

「不論是誰都會忘個一兩件事情嘛。」分身一點都不在意的樣子。

「我可不是什麼記性很差的人。從稍早一點到剛剛爲止，別的事情可是印象深刻。結果我還是沒辦法跟鮎川說話，在走廊上跟她擦身而過時，我還故意別開臉。然後……嗯……我做了什麼？」

「你看，果然是你多心。你再仔細想想，你停下腳步後，應該盯著鮎川看吧。」

「對，我停下腳步盯著鮎川看。然後她覺得我盯著她看很奇怪，所以問我『怎麼了？』……」

「看，這不是想起來了嗎？」

「我隨便說了些引起她興趣的話，然後約好放學後在書店見面。」

「正確答案。」分身拍起手來，「和她的第一次約會還愉快嗎？」

「說約會太誇張了，我們只是站著說了些話而已。」

「只有這樣嗎？」

「我們約好下次見面的時間和地點。」

「做得太棒了。」

「這好奇怪。」我感覺到陣陣不安，「好像有什麼事情在我不知道的時候，一直進行著。」

「你知道的。就是因爲知道，才能講得那麼詳細。」

「這不能說知道，到你告訴我之前，我都不知道。爲什麼要靠別人幫忙才能想起來自己的事情？這太奇怪了……」

「你在說什麼？」分身露出了嚴肅的表情，「別人是說我嗎？我不就是你嗎？只是自己給自己一些想起事情的提示罷了，一點都不奇怪。你該不會打算把我和你切割開來吧？」

「怎麼可能？」我慌張地搖頭。

「那我就安心了。」分身又笑了起來，「我也很擔心你會不會幫我取名字呢。」

我全身慢慢地起了雞皮疙瘩。

「怎麼了，你在發什麼呆？」鮎川用開玩笑的口氣問我。

「咦？啊。」發現鮎川就在我身邊，讓我嚇了一跳，「對不起，我剛好想到考試的事情。」我反射地找了藉口。

我和鮎川正在第三次約會，我想起來了。怎麼回事？今天不是第一次約會，但是我沒有經歷過第一次和第二次約會。不，我應該經歷過。第一次約會是一起去附近的遊樂園，第二次是去看電影。然後，今天是肩並肩地坐在往水族館的電車裡。我的確留下了非常清晰的記憶，但是怎麼樣都沒有實際感受。根本不像是自己的親身體驗，而是看著拍攝某人體驗的錄影帶似的。

「你今天有點奇怪，好像比較陰沉。」鮎川這次的口吻稍微認眞了起來，「好像變了個人。」

我開始冒冷汗，一定是因爲分身做得太過頭了。我最近經常覺得分身讓我不太舒服，可能因此陷入了神經衰弱，還是不要再把分身叫出來吧。反正我已經和鮎川很順利地發展著，也有一點自信了。已經不需要分身了，把他埋在我的身體中吧。

「因爲我最近太努力了。」我試著放鬆僵硬的臉頰，做出笑臉，「呃，這個，因爲我……我想跟妳交往……所以……嗯，該怎麼說呢？就是試著演一個理想中的自己……這不是眞正的我。我是更膽小、更不聰明的人。」我好不容易才讓乾燥的舌頭動了起來。「怎麼突然說這些？」鮎川微笑地說。她似乎認爲我在開玩笑，「你根本不需要演戲啊，我喜歡自然的你。還是說，我喜歡的你是你演出來的？那也沒關係，如果你眞的能演出來，那就表示你也是很有魅力的。」

我開心得不得了。那天的約會雖然不太順利，但她似乎不太在意。這樣下去的話，我們應該會發展得很順利吧。

「下次也是星期日嗎？」分手的時候，鮎川問我。

我記得下週一有小考，不能放著不管。而且如果是現在的我，我覺得我能夠好好加油。

「嗯，這個嘛……可以改下週六嗎？」我戰戰兢兢地問她。

「好啊。那就下星期六見。」鮎川一瞬間露出了有些失望的神色，隨即恢復了笑容。

鮎川跟我真的很順利，我開始有了這樣的實際感受。還是先不要告訴她那件事情吧，等到一切都清楚之後，再告訴她也還不遲。

小考的前一天，我從早上就一直關在家裡念書。本來應該是和鮎川約會的日子，但是隨時都可以約會。若是盡做一些快樂的事情，說不定到最後會失去一切。

小考順利結束後的午休，我正在校園角落休息時，鮎川踩著雀躍的腳步走了過來。

「昨天很謝謝你。」她說。

一股沉重的感覺從下腹部竄上胸口，我的身體似乎拒絕理解鮎川話中的意義。

事情開始走樣了，要是不趕緊處理，就太晚了。不，或許事情已經無可挽回了。

我舔了一下嘴唇。既然鮎川跟我道謝，那表示我昨天跟她約會了嗎？但是，我根本沒有和她約會的記憶。我深呼吸了一口氣在腦中翻找著記憶，卻什麼都沒有。首先，我昨天根本沒踏出家門一步，家人都可以作證。這不是什麼雙重人格還是失去記憶，而是另一個我真的就像字面說的有了自己的生命。不，現在下結論還太早，我還是先跟她確認清楚。

可是，我該怎麼確認？開門見山直搗核心的話，她一定會大受打擊。然而，要一直順著她的話說，也是有限度的。

「我、我才要說謝謝。」我試著說一些無傷大雅的回答，冷汗冒了出來。

「昨天的你是眞正的你嗎？還是演出來的呢？」她開玩笑似地說道。

我眼前一黑，昨天果然有約會。我心臟劇烈地跳動，呼吸開始困難。

「嗯，這個嘛……我自己現在也搞不太清楚了。」我勉強自己保持平衡，免得因爲暈眩而倒下，「妳認爲是哪一個呢？」

「嗯，我也不知道呢，可是昨天的你眞是太棒了。就算那是演出來的。」鮎川露出惡作劇般的笑容，「但是你昨天實在有點操之過急。我們才剛交往啊，還是慢慢來吧。」

我再也無法忍耐，當場蹲了下來。

「你怎麼了？」

「沒事，有點頭暈而已，一定是睡眠不足的關係。」

「你該不會爲了今天的考試熬夜吧？眞是傻瓜，如果是這樣的話，那就下次再約就好了。」

「因爲跟妳見了面，所以我才能熬夜。」

鮎川歪了一下頭。

糟糕，雖然想要模仿分身說話，但是好像失敗了。還是不該多說些什麼比較好。

「弄壞身體就什麼都沒有了。來。」

我抓住她伸出來的手。

「啊！」鮎川的手縮了回去。

我從半蹲的姿勢一屁股摔在地上。

「你是誰？」鮎川害怕地盯著我看。

我該怎麼回答？我是我，這是毫無疑問的事實。然而，分身也是我。鮎川似乎認爲分身是我，這樣的話，不是分身的這個我到底是誰？

鮎川愣了一陣子，然後才「啊」地一聲遮住了嘴，「對不起，我說了奇怪的話。」

「沒關係，妳累了。我也累了，妳也是。大家都累了，所以才會慢慢地變得很奇怪。」

「我覺得好恐怖。」

「馬上就會結束了。」我靜靜地回答她，「王牌在我手上。」

我一回到家，就立刻爲了問清楚昨天的事情，打算把分身叫出來。一個人關在房間裡，在腦中描繪自己的模樣。可是，不知道怎麼回事，那一天無法順利結合想像的影像。平常總是看得很清楚，那天卻正覺得隱約要看見了，影像就消散了。我本來以爲是因爲太久沒叫分身出來，忘記了訣竅；或者是太過疲倦無法集中精神，但是看來並非如此。

到結合輪廓的階段都算簡單，接著要開始建構細節時，我感到某種抵抗的力量，過程就倒轉了。雖然無法說出清楚的理由，但我感覺分身似乎很討厭被叫出來，他一定背著我在做些什麼。

最後，我放棄叫出分身。不能夠再完全控制分身讓我大受打擊，但是我不得不接受這個事實。我現在該做的不是在這裡自怨自艾，而是要找出能夠再次支配分身，並且讓他不對鮎川出手的方法。

我去洗澡，並且趁泡澡的時候開始思考。反正分身不過是我製造出來的影子，根本不是眞的人類。就算沒有他，我也能存在；相反的，沒有我，分身也不會存在了。這根本不是需要煩惱的問題，分身絕對沒辦法對我下手。要是有什麼萬一，我就威脅他聽我的就是了。

我完全沉浸在樂觀的情緒中。

響起了很大的水聲，有人跳進浴缸裡。正好就在我的背後，一定是分身。

我立刻回頭，開始責備他，「爲什麼我剛剛叫你的時候，你不出來？」

「咦——」分身故意把聲音拉得長長的，好像把人當傻瓜。他不知道什麼時摺好了毛巾放在頭頂，在浴缸中伸長了手腳放鬆著，「你剛剛叫我？我完全沒感覺吶。」

「你不要給我隨便說說。」我焦躁了起來，「你和我明明就是同一個人，應該很清楚我的一舉一動吧！」

「這話也太奇怪了。」分身露齒一笑，「最近好像不是這樣喔。你站起來一下。」

我不打算聽分身的命令，但是他先站了起來，然後抓住我的手腕，硬把我從水裡拉了起來。

「你怎麼看?」分身和我裸裎相見，別有深意地問我。

「不怎麼看。」我費盡心力地虛張聲勢。

我並不是完全沒感覺，相反的，我因爲太過震驚與害怕，雙腿都發軟了。到底是怎麼回事?分身居然比我高了十公分，手腳也比我長。我是貧弱的豆芽菜體型，他卻是有著健壯肌肉的壯碩身材。

我的兩隻手腕都留著明顯的紅色痕跡，他的握力也相當驚人。我的膚色慘白，還有著一大堆痘子;他卻有著淺黑色的緊實皮膚。更重要的是，我們長相根本不同。他的鼻梁高挺，雙眼散發著銳利的光芒。臉頰凹陷，就像是狙擊獵物的肉食動物。分身變成了我完全無法移入感情的模樣。

「你可能是在逞強，不過聲音在發抖呢。」分身的聲音聽起來更低沉，也更嚇人，「你看，我們根本就是完全不一樣的人啊。」

「我不承認，你不過是我的一部分而已。我不許你亂來，我要是有心，隨時都可以收拾你。」

「喔，這可眞有趣。」分身微微一笑，「要來試試嗎?」

他突然右手掌壓住我的喉嚨，用力將我舉了起來。我無法呼吸也不能出聲，只能空虛地雙腳亂蹬，雙手握住動也不動的分身手腕。

到底是怎麼回事?爲什麼會變成這樣?分身不是我唯一的好朋友嗎?他明明應該要

從被欺負的日子中拯救我的，為什麼會變成欺負我的人？

我的眼中開始出現閃爍的小星星。

啊啊，我就要被自己創造出來的另一個自己殺死了。如果從客觀的角度看來，我現在是什麼狀態？是自己掐著自己？還是用念力浮在空中？又或者是在浴缸中意識朦朧地溺水了？在如此緊急的狀態中，我腦中出現了一些莫名其妙的想法。

「你一定在想，為什麼會變成這樣吧？」分身湊近我，吐著氣說道，「全部都是你的錯。我之所以會擁有和你完全不同的人格，都是因為你給我取了名字。你用別的名字叫我，就代表你將我視為和你不同的他者。我是從你的心生出來的，所以會忠實反映你的心理。因此從那時候開始，我就有獨立的人格了。一開始只是微小的差異，但是隨著時間流逝，差異愈來愈擴大。現在的我已經是徹底獨立的他者了。你本來不就是希望不被欺負，希望能夠變成我這樣子嗎？我是因為你的這個願望誕生的，所以才會朝著你希望能夠變得更強大的方向前進。然而我卻也陷入必須保持著一致的自我的兩難。你或許認為乍看之下是沒有任何變化的靜止狀態，但是這兩股力量卻不斷拉扯著我。因此當本來一致的自我出現了微不足道的差異時，我就急速成長了。即使是現在，我也仍舊不斷地變化著！」

我拚命地踢著雙腿。看起來分身似乎認為他是脫離我的獨立存在，我不知道這到底是不是真的；然而就算不是真的，對現在的我來說也毫無意義。如果我就這麼死了，分身也會消失，但是那也不會有任何人可以得救。不過也不是沒有任何解決方法，只要想起那件事，一切都會回到原來的樣子。我現在……終於……想起來了。

眼前一片朦朧，我幾乎要不能思考了。什麼都想不起來，我開始覺得怎麼樣都無所謂了，有必要這麼勉強自己努力嗎？反正接下來也只有痛苦的事情在等著我，就這樣當隻喪家之犬被分身殺死也沒什麼不好。我全身放鬆，將自己交給分身，一切都放鬆了下來，感覺眞好。

「哇！髒死了！」分身的手突然從我的喉嚨離開，「你太噁心了！」

我摔到浴缸理，泡沫飛了起來。我的陰莖也用力地噴出了尿液。

「你幹麼小便啊！」分身皺起臉，「臭死了。」

我開始咳嗽，氣管發出討厭的聲音。

分身再次瞪著我看。

「不要過來！」我好不容易才吐出這句話。

「什麼？我才不是認眞的。我也知道眞的在這裡殺了你，會很麻煩。就算不這麼做，再過一陣子你也會自己不見。我只是要告訴你，我們的立場已經顚倒了。放棄抵抗吧。這樣的話，我會把你沉到我心中的黑暗深處去。」

我只是拚命地喘氣搖頭。

「明天我要跟鮎川約會，六點在神社後面的公園。」分身抓住我前額的頭髮，把奄奄一息的我往上拉，「你也過來。到時候，我就會開始實際存在了。」

分身放開手後，我再次低下頭去。當我絞盡所有力氣，抬起頭時，分身已經消失了。

情況徹底絕望了。

「對不起，你等很久了嗎？」鮎川喘著氣跑了過來。

周圍已經微暗，沒有任何人影。夕陽晒在鮎川的臉上，不知爲何令她看起來特別艷麗。

正當我打算開口回答時，從神社的森林中，出現了一個身形巨大的男人。是分身，他比昨天又大上不少，恐怕還比我還大上了一大圈。

鮎川一瞬間露出了「咦？」的表情，接著輪流地看著我和分身。接下來，表情放鬆了下來，重新轉向我。我鬆了口氣，對她伸出手。

「咦？我是怎麼搞的？對不起，我認錯人了。」鮎川向我行了個禮，跑向分身的方向。

「哇啊啊啊啊啊！」我雙手抱頭蹲了下來，「分身，拜託你不要這樣。」

「分身……那是我的名字嗎？」

「拜託你把她留給我，其他通通給你也沒關係。只有鮎川，求求你不要碰她。」

「你在說什麼夢話？鮎川一開始就是我的女人，是我去追她的。你根本就沒有對跟她交往這件事情，付出任何努力。」

「她是我的生存意義。」

「這不關我的事。」

「不，這和你有很密切的關係，這是你存在的理由。」

「我存在的理由？不就是爲了給欺負你的人好看嗎？」

「不是的。讓他們好看，不過是爲了達到目的的一個條件而已。我知道你存在的理由，而你不知道自己存在的理由。就憑這件事情，就知道誰才是主人吧。」

「你這不過是老套的詭辯而已。你既然這樣說，那你知道自己存在的理由嗎？知道的話，就說來聽聽。怎樣？我看你根本就說不出來。」

「我或許眞的不知道自己存在的理由，但是這並不代表，我和你就是對等的。你也不知道我存在的理由。因爲我在前，你在後，所以我知道你存在的理由。拜託你不要做傻事了，不要逼我使出最後的手段，讓我們再繼續當朋友吧。」

「不要笑死人了。你有什麼最後的手段嗎？你乾脆趁這機會告訴我，我存在的眞正理由吧。」

「是鮎川。」我開始流淚，「因爲我想要一個鮎川會喜歡的自己。給欺負我的人好看，不過是這件事情的條件而已。」

「喂，你們到底在說什麼？你們是什麼關係？」鮎川似乎楞楞地聽了一陣子我們兩人的對話，好不容易才回過神來要加入這場談話。

「我們是同一個人。」分身說著抱住了鮎川的肩膀，「對了，我想到一個好方法。就讓鮎川來決定吧。」分身看著鮎川可愛的眼睛，「妳聽好了。這個男的跟我，哪一個是妳——鮎川美智的男朋友？是哪一個在學校走廊上盯著妳看？是誰跟妳約過好幾次會？」

「這不公平。」我大叫，「你被賦予了成爲她理想對象的方向。如果一致的自我中的他我不存在的話，你一定會成爲她的理想情人的。」

「你們在說什麼傻話啊？」鮎川微微一笑，「我知道了。你一定是帶朋友來跟我開玩笑，對不對？我的男朋友當然是你啊。」鮎川緊緊握住分身的手腕。

分身露出勝利的表情瞪著我。

「消失！」我指著分身大叫道，「我這個本體命令你，命令你這個分身立刻消失！」

分身一瞬間顯得十分驚訝，停下了動作，空氣非常緊繃。鮎川睜大了雙眼。分身緩緩地舉起手，在自己的眼前一開一闔，僵硬的表情漸漸放鬆，最後開始放聲大笑，「這就是你最後的手段嗎？」他笑到眼淚都流出來了，「『我這個本體命令你，命令你這個分身立刻消失！』？愚蠢透頂！我已經不是你的分身了。你還搞不清楚嗎？我已經成長了，已經有實體了。和膽小鬼的白日夢不一樣。」分身抱著鮎川的肩膀，「你看！我們可以互相摸到對方。鮎川和我彼此相愛，你才是多出來的。對了，你的輪廓好像開始模糊了喔。」

我慌慌張張地看著自己的雙手，是我多心嗎？顏色似乎有點褪掉了。不、不可能，我怎麼可能會消失？明明我才是本體。一定是因爲我在哭的關係。

「我跟你說眞話吧。」分身露出了陰濕的笑容，「全部都是相反的。不是什麼沒用的、被欺負的孩子妄想有個強壯的自己，而是有著堅強身心的少年的想像遊戲罷了。想像如果自己是意志薄弱、被欺負的孩子，沒辦法跟現在的女朋友開口的話，會發生什麼事情？但是我已經玩膩這個遊戲了，所以你就給我消失吧。我接下來要跟鮎川快樂地去約會了。」

我失去了力氣，雙腿一軟跪倒在地。我試著要站起來，但是雙手卻失去力氣，接著就這麼倒下，全身開始麻痺無法動彈。

「消失吧。」分身說。

鮎川盯著分身看，眼裡根本沒有我。

我下定決心，使出最後的王牌。

「再見了，我的憧憬，消失吧。」

「你還在這麼說啊。」分身對我露出誇耀勝利的表情，然後像是突然發現事情不對勁地轉向身後，「鮎川！妳去哪了？」

「根本就沒有鮎川這個人。」我慢慢地站起來，拍掉上衣和褲子的灰塵，「分身，你根本就不知道。你是在鮎川之後出現的，在鮎川之後被創造出來的。」

「吵死了！給我閉嘴！」分身遮住雙耳蹲了下來。

「我是個膽小鬼，根本就不可能交到什麼女朋友。」我伸手擦掉眼淚，「但是我實在太寂寞太寂寞了，所以我想像著自己理想中的女孩，來排遣寂寞的心情。」

分身倒在地上，從指尖開始猶如熱空氣似地緩緩地融在空氣中。

「我所想像出來的鮎川實在是太過美好了，但是不知道爲什麼，我無法想像出自己和她交往的樣子。鮎川太完美了，和我根本不適合。所以，我……」我吞了吞口水，「我想像出了適合鮎川的另一個自己——就是你。我創造了你。」

分身搥打著地面，仰天大叫著。

「不知道是哪裡搞錯了。我明明應該只是創造了理想的戀人和理想的自己，卻還想同時得到好朋友。理想的自己和理想的朋友重疊了，但是人是不可能和自己當朋友的。爲了把你當朋友，我在你的身體中看見了和我自己不同的人格。結果你變成獨立的人格，帶走了鮎川。因爲你們是理想的一對，事情當然會這樣發展。可是鮎川和我交往的可能性一旦消失的話，那她也沒有存在的意義了，所以她只能消失了。」

「可惡！你這個混帳東西！」分身哭喊著，「鮎川是我的命，你現在就把她還給我！」

我搖了搖頭，「鮎川是爲了我存在的，而你是爲了她存在的。她現在已經消失了，你也沒有存在的意義了。」

分身哀傷地半張著嘴，發出呻吟聲，朝我伸出手。

「再見了。眞的很對不起，一切都是我的任性害的。」我別過臉去。

等我再回頭時，分身已經不在了。

我的胸中突如其來地湧起一股同時失去無可取代的人——戀人和朋友的哀傷。

我一輩子都不會忘記這一天的傷痛。

3

下一站下車

「咦？什麼？你剛說什麼？」

「我說你知不知道那個傳言啊？」

「傳言？什麼傳言？好玩的話就快跟我說啊。」

「可是我在下一站就要下車了耶……怎麼辦？」

「什麼嘛，明明就是你自己說的，怎麼這樣？你就趕快講一講吧，拜託啦。」

「好吧。那我就簡單說一下好了。我今天在學校聽到有人說……」

「等一下。你在學校聽到的？就是那個吧？田中同學看到只有一條腿的美加娃娃，對吧？

田中同學很寶貝那個美加娃娃，可是有一天因爲她的不小心，那個娃娃有一條腿掉下來了。在那之後，只要看到那個娃娃就讓她不太舒服，之後便不再玩了。所以搬家的時候，也沒發現美加娃娃不在行李裡面。

然後從某一天晚上開始，她每天都夢到那個美加娃娃。到了暑假，她因爲很在意那個娃娃，就一個人回到以前的家。結果發現傍晚的時候，那個娃娃在空房子裡面跳來跳去。

『我叫美加，但是我只有一條腿。』」

「不是啦，不是那件事。」

「是喔，那一定是這個吧。三年級以上的班級去校外教學的時候，照相館拍的照片中的人數比班級本來的人數還多的事情吧。

這種事情對照相館的人來說司空見慣了，所以他事先跟學校確認了班級人數，然後偷偷找老師來確認多出來的臉孔。

因爲照相館的人已經習慣這種事情了，所以他打算請老師告訴他不認識的臉孔後，就修掉那張臉，再把照片印出來。但是他失敗了。因爲不只一張臉多出來，仔細看的話，就會發現還有一張臉。照相館將照片交給老師時，老師發現了，所以沒將照片發給學生。不過有個學生的爸爸硬要老師把照片給他看，結果發現有個孩子的頭掉在大家的腳邊。」

「我聽說的是，照相館把幽靈和眞正的學生弄錯了，修掉了學生的臉。」

「騙人。」

「騙你幹麼啊。鈴木的哥哥在臉被修掉後，馬上就發生車禍，就像照片一樣。……但是，我要說的不是這件事啦。」

「那我知道了，一定是女孩子的傳言，對吧？幾個國中女生蹺課去逛街。其中一個人進了服飾店的更衣室後就一直沒出來。因爲大家實在等太久了，所以就偷看了一下更衣室。這才發現裡頭根本沒有人，只有留下一雙鞋子。她們慌慌張張地去找警察，回來一看，發現連鞋子也不見了。

店員笑著說，沒有看過那樣的女孩子。所以警察也以爲這些國中生是騙他的，就回去了。然後……

嗯，結果有沒有發現那個女生啊？」

「在國外的怪胎秀小屋發現她了，她變成很恐怖的樣子。因爲被下了藥，所以她也不知道自己到底發生什麼事情，這大概是不幸中的大幸吧。聽說現在也還在某個地方的醫院裡。……

同樣的綁架團體似乎也出現在遊樂園裡。他們會抓住獨自進廁所的小孩，用繃帶將小孩捆得動彈不得，再用輪椅把小孩運到外面去。他們不會要求贖金，所以只要被帶出遊樂園就再也找不回小孩了。聽說大型遊樂園爲了跟他們對抗，所以到處都安裝了隱藏式攝影機。……

但是我要說的也不是這個。」

「那你是要說木下姊姊的事情嗎？

她兩年前開始自己在東京住，有一天好朋友去她那裡住。但是到了半夜，那個朋友一直吵著要吃三明治，要木下的姊姊跟她一起去便利商店。木下的姊姊因爲很睏了，就叫朋友自己去。可是那個朋友就硬是要兩個人一起，所以木下的姊姊只好跟著去了。一出屋子，那個朋友就說要報警，她跟木下姊姊說，『妳的床底下有陌生男人喔。』警察進了房間一看，那個男人已經不見了，可是床底下有食物的殘渣跟舊報紙，看起來已經在那裡待了好幾個月了。

然後又過了幾個月，那個朋友又來玩了。這次到了晚上，她說她不想回去。因爲從窗戶看出去的公園樹叢裡躲著那個男人，所以她不想出去。可是木下的姊姊什麼都沒看見。不巧的是那天晚上木下的爸媽要睡他姊姊那裡，而且時間也還沒那麼晚，所以他姊姊硬是要朋友回去。結果那個朋友就失蹤了。」

「我要說的才不是那種誰都知道的事情。」

「那你到底要說什麼啊？」

「公車上的鬼。」

「公車？我知道了，你存心要嚇我，對吧？」

「這條路線有時候會有不對的公車在跑。」

「不對的公車？那是什麼？」

「我不知道，聽說是不可以在這個世界跑的公車。只要仔細一看，就知道了。整個車體都是鐵紅色的，座墊也濕濕的，還飄著討厭的味道——又酸又甜，好像什麼東西壞掉了。」

「會有人搭那種車嗎？」

「晚上或是很匆忙時，就會不小心搭錯。因爲那公車會像一般路線公車一樣很自然地在站牌前停下來，便有人會搭上去。不過據說是公車選擇讓什麼人搭的喔。」

「我才不相信，什麼公車選擇讓什麼人搭車嘛。」

「聽說如果是平常總是人很多的站牌，卻不知道爲什麼只有一個人在等的時候最危險。其實其他人都搭上了準時發車的公車，所以大家都只會以爲那個人沒來而已。」

「那、那台公車上有鬼嗎？」

「對，好像是在後面的座位上坐著小孩子的鬼魂。他們活著的時候總是很開心地一直聊天，聽說現在也是一直說話。他們會抓走上車的人的靈魂，把那個人帶走。」

「糟糕，差點被你騙了。」

「騙？什麼意思？」

「你裝傻也沒用喔。因爲很奇怪啊，如果搭公車的鬼會帶走搭車的人，那誰會把這件事情流傳下來？應該沒有任何人會知道吧？」

「是啊。因爲不是每個搭車的人都會被帶走，其中也有順利抵達目的地下車的人。因爲那些人沒有在車裡轉頭往後看。」

「沒有轉頭往後看？什麼意思？」

「因爲鬼魂坐在公車的最後一排。搭車的人察覺到他們的氣息，往後一看，卻沒有任何人的話，那就太遲了，不可能活著下車了。所以要是一個人很晚搭公車的話，是絕對不能回頭的。鬼魂會從後面一直盯著搭車的人看，要是我們看到他們的話，就會被抓走了。」

「那還不簡單，只要不要轉頭就好了，不是嗎？」

「鬼魂會使出各種手段讓人回頭。像是下車時想起來忘了東西的話，就會回頭了。那是因爲鬼魂故意把行李藏了起來，讓搭車的人掉入陷阱。」

「但是，鬼魂不會硬讓搭車的人回頭吧？」

「是啦，說的也是……」

「那就沒什麼好擔心啦。不論發生什麼事情，總之不要回頭就行了。就算有人叫我名字，我也絕對不會回頭。」

「這我可不敢保證。他們會使出很厲害的手段，所以總是有人會不小心就回頭了。」

下一站快到了。的確有一個少年說要在下一站下車的。看起來他們很熱中那些八卦傳聞，沒有注意到。從大人的角度來看，孩子真的很容易太過熱中一些愚蠢的事情。但是我想起自己以前也有過這麼可愛的時候，不由得露出了微笑。

不過這麼晚了，小學生坐車坐過頭也很可憐。如果反方向的公車沒有馬上來，就得獨自一人在公車站等很久，或是走夜路回家，還是提醒他一下吧。

「喂，你該下車嘍。」我對坐在公車後面的少年搭話，邊轉過頭去。

「你看吧。」少年說。

4

同學會

「唉呀，這還眞是令人懷念吶！」一看到一排從小就熟悉的老面孔，我忍不住如此說。

「喔，是你啊！快過來這邊坐吧。」一個氣勢十足的男人指著自己旁邊的空位，「我旁邊沒人，正覺得無聊吶。」

我記得那張臉孔，從以前就很會裝傻開玩笑。就算在上課，也是會亂開玩笑，逗得全班大笑。老師雖然會生氣地叫大家安靜，但是沒有人看不出來老師眼中的笑意。

對了，老師在哪裡？

我馬上就發現了，幾個男女圍著一個年紀特別大的人。那人看起來心情很好地和大家說著話。老師還是老樣子啊，一這麼想，我就有種很幸福的感受。

時間過得眞快，從那時候起，也已經二十年了。我雖然感慨很深地這麼想，但是一看見周圍熱鬧快活的同班同學時，就覺得那也不是太久以前的事情。我感覺一下子被拉回二十年前，現在正是畢業旅行的時候。

畢業旅行……我歪著頭。這麼說來，畢業旅行時好像發生了什麼事情。是什麼事情？我記得似乎是什麼大事，但是從現在根本想不起來的狀況看來，應該也不是什麼太重要的事吧？我拚命地想回憶起來，卻只有同學的臉孔在腦中轉來轉去，卻什麼也想不出來。

「喂，你怎麼啦？坐在這種好位子，卻苦著一張臉，自己在那裡嗯嗯嗯的，是怎樣啊？」身邊傳來充滿活力的聲音。

「嗯？啊。」我敷衍地回答他。

「怎麼了？」他變得有些認眞地這樣問我。

「不，沒什麼……」

對了，這傢伙搞不好會記得。

「我有點在意啦。你記不記得畢業旅行的時候發生什麼事情？」

瞬間，對話停了下來。

「畢業旅行？啊啊，你好像做了什麼壞事嘛，偷看女湯之類的。」

「你別鬧了。我很認眞問你的。」

他也換上認眞的表情，「你是認眞的嗎？我想你不可能忘記，所以還以爲你一定是在開玩笑……」

「是那麼嚴重的事情嗎？」

「是啊，很嚴重。你如果眞的忘記，就太過分了。」

到底是什麼事情？發生了什麼？明明都已經到喉嚨了，卻還是想不起來。好像有什麼堵在胸口，讓我很不舒服。

「喂，你還好吧？巴士啊，巴士。」

巴士？巴士怎麼了？是畢業旅行的巴士嗎？這麼說來，那時候……

有一個人晚到了。

三十多歲的女性，一定是某個同班同學，我的確看過她的臉。不過腦中只有模糊的印象，怎麼樣都想不起來她的名字。

我有點好奇其他人的反應，轉頭看了看四周。

所有人都臉色蒼白。

「怎麼可能……」女同學中有人聲音哽住了，甚至還有人哭了出來。

「彌生來了……她居然來了……」

彌生……對了，那是彌生。雖然變了很多，還是看得出來以前的模樣。但是，她的臉色為什麼那麼難看？

彌生一語不發地走進宴會，然後站在一個同學面前，低聲地呢喃著，聽起來就像某種經文。

被搭話的人楞了一陣子後，好不容易反應過來，顫抖著對彌生說話。

然而，她似乎聽不到那人的聲音，無視對方，站到隔壁的女同學面前。

「怎麼會……」和彌生面對面的女同學因為太害怕，渾身僵硬、動彈不得。

在那之後，彌生一臉蒼白地按照順序站在每個同學面前，呢喃著什麼。

再過幾個人，她就會走來我這裡了。一這麼想，一股微微的寒意從腹部深處吹了上來。

「對了，我想起來了。那是畢業旅行的時候。」我的聲音顫抖著。

「對，巴士的車禍。你終於想起來了？」他在我隔壁座位上點了點頭，聲音也同樣發顫著。

「怎麼可能？一定是哪裡出錯了，她怎麼可能在這裡？」我想站起來，卻辦不到。只有……只有她……只有她不可能在這個世界……

我轉動眼睛看著四周，我不想記起來，我希望那黑暗無比的回憶能夠消失。沒錯，我其實根本沒有忘記。只是那實在太令人厭惡、忌諱了，所以我的心拒絕想起那件事情。但是已經太遲了，那個臉色很差的女人已經來到這裡了。這是死者與活人的相遇。

巴士司機和導遊小姐在角落顫抖著。

彌生恭敬地祭拜一座又一座的墳墓，直到在最後一座墳墓前合掌祭拜後，她的臉色漸漸變得紅潤起來。

只要一想到當時的那件事情，就會令她心頭一緊。彌生這二十年來都否定那場車禍眞的發生過，一直將它封閉在內心的最深處。

那場車禍殘酷地奪走了所有同學的生命，只有她因爲發燒無法參加畢業旅行，活了下來。彌生一直被困在只有自己得救的罪惡感中，不停地責備自己。

但是她終於踏出第一步了。爲了和過去對峙，她提起勇氣，終於能夠來祭拜大家了。她終於理解到那場車禍發生在她無能爲力的地方，活下來並不是任何罪行。被溫柔的陽光包圍全身，彌生開朗地微笑了起來。

突然，她感受到了和那天一樣的大家的氣息。

5

影子國度

1

這是我自身體驗的紀錄，內容恐怕非常混亂難以理解，還請見諒。因爲我的記憶已經逐漸淡薄，若不盡早寫下來的話，恐怕就什麼都不剩了。就連這樣寫著前言，我腦中的事件內容也愈來愈不清楚，我根本沒有在腦中好好整理的時間。

那天，我不知道是怎麼會想到，開始整理起了錄影帶。我本來就是很容易熱中的個性，家裡有各式各樣的錄影帶——買的、借來拷貝的、從電視錄下來的、自己用攝影機拍的——有好幾百支。扣除掉買來的，其他的都是很隨便取個標題而已，結果現在很多片子都搞不清楚內容了。因此我打算播放每一卷這樣的帶子，確認內容後，再加上標題。但是開始之後，我發現這個作業實在麻煩，我的動作又很慢，不如自己想像的進展快速。最麻煩的是，每卷帶子都錄了一大堆有的沒的，確認一支帶子得花上不少時間。從早到晚，我不過整理了六十卷而已。到後來，我已經漸漸失去幹勁，不過還是出於慣性地一邊抱怨一邊確認。

就在那時候，我發現了那支帶子。那支帶子上頭已經換過很多次標籤，最後的標籤上有以鉛筆寫下，看起來像是住址的潦草文字。似乎是拿標籤來代替記事用紙，文字幾乎都要消失了。從帶子的骯髒程度看來，顯然是用很久的帶子了。像這樣的帶子因爲畫質不好，我通常只用來錄不打算保存的電視節目或是側錄。目前整理好的帶子都是要保留下來的，大概是不小心混進來了，所以我打算把它放到一邊去。

不對，等一下，說不定在不打算保存的節目中會有出乎意料的好東西，然後便改變心意移到保存用的錄影帶去。這麼一說，我就覺得以前好像也這樣做過。

我開始播放錄影帶。

在殺風景的房間中有個不起眼的中年男人坐著。畫質很差，一看就知道不是電視節目的錄影。男人好像是坐在一張躺椅之類的椅子上，畫面中還看得到有牆壁、地板和小圓桌等。牆壁和地板都是鼠灰色，因爲都是同一種顏色，分不清牆壁和地板的界線。也可能是畫質太差的關係，搖椅也是鼠灰色，中年男人皺巴巴的上衣和褲子也同樣是鼠灰色。甚至連他的皮膚和頭髮也是相同顏色。一開始我以爲是顏色調整失敗，所以變成黑白了。但是從圓桌的綠色桌腳和紅色條紋看來，男人眞的是鼠灰色的。

我看過那個房間，因爲那正好是我的工作場所，諮商室。所以那男人一定是我的客戶，這到底是什麼時候拍的？

我在畫面角落試著找出日期，不巧的是攝影機的日期功能似乎被關掉了，找不到日期的之類的資訊。

我有時會判斷因爲有必要，取得客戶的理解後，會錄音或錄影。雖然是很少見的例子，不過客戶自身的口吻、表情和舉止也會隱含著重要的意義。此外，若是要當成法律證據使用時，我也會留下諮商紀錄。不過實際的法庭上從來沒有這方面的需求。此外也有客戶自己要求錄影。總之諮商的紀錄全部應該都保管在我的工作場所——一谷心理研究所——而且也不可能使用這麼舊的錄影帶。難道是恰好錄影帶用完，拿手邊有的來用嗎？沒有不小心在上頭錄了電視節目眞是太好了。又或者這只是拷貝版，原版放在研究所了？如果這是原版的話就麻煩了。我把客戶情報都交給負責行政事務的女職員管理，明天再問她吧。

「你談到了你經歷過的不可思議的事情……那就麻煩你開始說吧。」

從電視機的喇叭傳來我的聲音。

果然是諮商的紀錄。我一定是坐在攝影機後面，才沒有出現在畫面上。我盯著男人看，搜尋著記憶。因爲解析度很差看不清楚，但是他那鼠灰色的頭髮和所謂的銀髮差遠了，看起來很黏膩，散發著一種不潔感。身上的衣服也不是西裝，像是工作服。很邋遢，拉鍊也沒拉起來。工作服底下似乎穿著襯衫，又髒又皺，看來就像鼠灰色。褲子看來像西裝褲也像工作褲，不知道究竟是哪一種，不過還是可以看出是鼠灰色，沒有皮帶。他腳上穿的似乎是皮鞋，但是沾滿了像是泥巴的東西，也是鼠灰色。男人的臉孔沒有什麼特徵，因爲畫質很差看起來很平面，而且完全感受不到任何生氣。他的眉骨一帶很突出，所以光線在眼睛周圍形成了陰影，很難看清楚他的表情。我一直凝視著男人的臉孔，卻什麼都想不起來。所以這不是最近的諮商，而是很久以前的。如果是這幾個月拍的錄影帶，我多少都會有印象。

「啊，好。」男人以毫無抑揚頓挫的嘶啞聲音開始說道，「對了，攝影機已經開始拍了吧？……是嗎？眞的在拍了吧？也不是說非得錄影不可，但是，難得我可以講這件事情，可是醫生大概沒有做什麼筆記，所以我才希望能拍錄影帶，就是這樣。」

聽起來他似乎不太信任我，不過這種狀況還是老實地聽從對方的要求比較好。我也沒有拒絕攝影的理由。如果拒絕了，這樣的客戶說不定就直接回去了。

「其實就算拍錄影帶也是不夠的。不、老實說，就算拍了，也只能安心一下而已。但是我卻想拍得不得了，因爲說不定事情會有個萬一嘛。」

是從精神官能症來的強迫症嗎？若是我無法處理的話，就必須介紹給適合的醫院。這個男人是哪種狀況？我還想不起來。

「那麼請開始說吧。」響起了我的聲音。

男人低下頭去，接著似乎竊笑了起來。

「啊，眞是抱歉，一想到可以拍下這件事，我就高興得不得了。說不定哪天醫生您就會改變心意，重新看待我吶……啊，我要講的事，對吧。這個嘛，從哪裡開始講比較好呢？好吧，就從公司開始講起吧。」

看起來總算是要進入正題了。

「我啊，是做業務的。如果業績不好，當然就會被施加壓力。如果業績好的話，就會一直在意這個狀況能不能一直持續。不過，我從來也沒什麼業績好的時候。

去初次拜訪的對象那裡時，通常都會被討厭吧？我覺得自己好像是打擾對方工作的蟑螂，然後就會開始想這樣安安靜靜地回去的話也是爲了對方好，甚至也是爲這個社會好。結果就因爲這樣胃就開始痛了，我會在對方公司附近閒晃好幾個小時，有時候會去咖啡廳做一些想像訓練，讓自己冷靜下來。但是我卻只想得出被對方掃地出門、怒罵的畫面。然後就會轉念一想，也不一定非得急著要在今天登門拜訪，等到下星期身體好一點，一定能順利達成交易的。只要這麼想，那就完蛋了。我會直接去小鋼珠店，或是在公園發呆一整天。

但是若你問我，熟客戶就沒問題吧？我也會開始擔心會不會突然從今天起就不再跟我做生意了？光是走到對方公司大門口，我的心跳就會激烈到幾乎不能呼吸了。因爲你們公司的商品讓我們遭受了很大的損失，這東西有問題之類的討厭場面會在我腦袋裡轉個不停。不，其實根本沒發生過這種事。不過如果眞的發生這種事情，那我更是沒辦法承受。

「原來如此。光是想像，就覺得快要昏倒了。」

「那麼公司裡面又是什麼氣氛呢？」

我的聲音這麼說：

「比如說，你的上司對你的業績不佳會怎麼說？」

「也是會被說些諷刺的話啦……不過比起用說的，上頭反而藉由不斷調動我負責區域的方式來給我壓力。也就是說，像是本來就業績很差，以後也不可能變好的地方，或者是離公司很遠、交通不便的地方。最近是把外縣市的點交給我，不過那是個包含其他同業，從來沒人做成生意的地方，就算去跑業務也不會給我出差費啊。」

這眞的是貨眞價實的窗邊族了，雖然很可憐，但也只能這麼說了。

「在那之後，就更直接地在我旁邊大聲稱讚業績好的人。

說到成績好的人，該怎麼說呢？他們都不會想太多。就算是第一次拜訪的客戶，他們也是直接就進去談生意。好像從來沒想過自己會被拒絕，而且聽說他們還眞的很少被拒絕。即使偶爾被拒絕了，也完全不放在心上，馬上就忘記了。過了一星期後，他們又去拜訪上次拒絕過他們的客戶。就算被客戶抱怨，下次也若無其事地又上門跑業務去。當然也有像我一樣個性消極的人，不過那些人還是盡全力在努力，所以業績都還過得去。雖然很痛苦，但也只能咬著牙硬上。就算累積很多壓力，爲了生活也是沒辦法吶。」

很好，這不是自己提出解決辦法了嗎？其實來諮商的客戶中很多人的心裡都已經有答案了。他們只是希望諮商師能推自己一把而已。

「你不試著努力一下嗎？」

「我辦不到。」

「爲什麼？」

「因爲我討厭壓力。」

「但是，你知道就算逃避這個壓力，之後也會有更大的壓力嗎？你現在就已經遭受來自社會的更巨大的壓力了。」

「就算這樣，我也只能逃避。因爲我是無法努力的人。」男人自言自語似地說。

看來在這方面，就算多說什麼也沒用了。就算逼他，也只會把他逼入牛角尖。他已經分析了自身和周遭的環境，這反而才是問題。到了這種程度，該怎麼處理沒有解決的問題才好？我應該會在這裡改變話題。

「對了，我可以請教關於你家人的事情嗎？」我的聲音問。

「可以啊，我無所謂。我家除了我之外還有兩個人，我老婆跟女兒。我女兒今年剛上高中，因爲我很晚才生小孩。不過我本來就晚婚了。十八年前在親戚的介紹下，相親結婚了。我老婆年紀比我大，不過我覺得要是拒絕的話，之後大概也結不了婚了。」

「那麼，你是怎麼和家人互動呢？而你的家人又怎麼和你相處？」

「我不知道。」

「但是你們每天都會見面吧？你們都聊些什麼呢？」

「這個嘛……」男人語氣含糊。

「那麼你最近一次和你太太說了些什麼？」

「抱怨。」

「抱怨？」「抱怨？」

畫面內外同時響起了我的聲音。

「對，抱怨。」

「抱怨的內容是關於什麼事情？」我的聲音聽起來隱含著動搖。

「我很礙事。」

「具體的內容是？」

「我在她打掃家裡的時候很礙事。就算是星期天，也給我去上班啊，之類的。」

「那你怎麼回答？」

「我說，公司不承認假日加班。」

「那你太太怎麼說？」

「她哼了一聲。」

「然後呢？」

「又繼續打掃了，還把吸塵器壓到我身上來。」

「是嗎。那我再請教一下在這之前，你們說了什麼？」

「衣服的事情。」

「衣服怎麼樣了？」

「你眞是有夠邋遢的。算了，反正你穿什麼都很邋遢，這一類的抱怨。」

他的確很邋遢。不過有道是「佛要金裝，人要衣裝。」就算是這男人，只要稍微穿得體面點，應該也能有所改善吧。我不禁有點同情他了。

「其他還有嗎？」我的聲音又繼續提出問題。

「可以的話，晚餐盡量在外面吃。」

「那又是爲什麼？」

「因爲我女兒的回家時間不固定。」

「等一下，可以請你說明一下嗎？爲什麼你女兒回家時間不固定，你就必須在外面吃飯？」

「因爲我的回家時間很固定。我既不加班，也不喝酒，自然每天都會在同樣的時間回家；但是我女兒每天回家的時間都不一定。因爲我總是一到家就想吃飯，所以我老婆一天得做兩次飯，我跟女兒的。如果我在外面吃，她只要做一次就好了。」

「原來如此。那你女兒不會在外吃飯嗎？」

我聽到我的聲音正加以確認。

「不，我女兒也經常在外面吃。她每次回家，我老婆就會問要不要吃飯？她都說已經吃飽了。」

「既然如此，這種時候她只要做一次飯就好，你也沒必要在外面吃吧？」

「我不知道，不過她大概不想幫我做飯吧。與其每天和我吃晚飯，她更期待跟女兒吃，就算一星期只有一次也好。」

男人淡淡地回答。

「她爲什麼會這麼想？」

對，爲什麼會這麼想？

「因爲她這麼說了。」

這樣的話就沒錯了，我嘆了口氣。

「你太太爲什麼會有這種想法？」

「我不知道。我連自己在想什麼都不知道了，更不可能知道別人在想什麼。她和女兒說話時總是慈眉善目、和顏悅色的，但是和我說話時，卻總是皺著眉頭、話中帶刺。

像是我打電話回家時，明明接電話的聲音那麼開朗，一知道是我時，就立刻沉了下來。變換的速度眞是快到不可思議，眞可惜不能讓您聽一聽。有時候看到我時，還會嘖的一聲。雖然沒辦法完全確定，但我想她一定非常討厭我。我並沒有確認過，不過我老婆在和我相親之前，也曾經相過不少次親，聽說那些對象有人現在是公司老闆，或是大學老師。我不知道這些事情有幾分眞實，也不知道究竟是哪一邊拒絕了親事；但我老婆似乎認為自己籤運很差，看到我的臉就會不愉快吧。」

這眞是麻煩。本人實在分析得太過透徹了，自己把退路都堵住了。先不談他的推測正確與否，但是在如此有條有理的情況下，實在很難處理。

「是嗎？對了，剛剛你說你女兒的回家時間很不固定，是吧？」我的聲音改變了話題，「你說她是高中生，可是回家時間不固定嗎？」

「我曾經問過我老婆，她說是因為社團和打工，所以時間不固定。但是有時候也會過了晚上十點才回來，所以我總覺得理由不只如此。」

「你曾經直接問過她嗎？」

「沒有。」男人毫不猶豫地回答，「就算問了，她也不會說。她根本直接無視。」

「無視？那是什麼情況？是你們在談話時，講到這件事時，她就突然沉默嗎？」

「不是，我們一開始就不講話。我已經有十年左右，沒跟女兒說過話了。」

問題似乎不光出在這個男人身上，可以的話，我眞想和整個家庭進行諮商。

「完全無視嗎？」

「是。」

「那你太太和她平常會交談嗎？」

「會。」

「那你要不要試著加入她們的談話？一開始是跟太太說話，慢慢地間接地和你女兒說話。」

「那種事情，我早就做了。但是我太太根本不肯幫忙，一開始還會附和我一下，然後立刻就又跟女兒說話了。我不放棄地試了兩、三次後，她就會罵我，『你很煩耶。』所以就這樣了。最近，會在家裡說話的，只有她們母女兩人。」

公司和家裡都是這麼封閉的狀況嗎？恐怕是女兒和母親的接觸比較多，慢慢被影響成瞧不起、討厭父親了。

「嗯，你認爲家庭和公司的哪一邊問題比較嚴重？或者是，你覺得必須盡快解決哪一邊的問題？」

「我不懂您的意思？」男人楞了一下說道。

「你無論在公司或是在家裡都很辛苦吧。」我的聲音聽來很慎重。

「是啊，曾經很辛苦。」

男人露出燦爛的笑容。

什麼意思？爲什麼用「曾經」這種說法？

「但是，那些都無所謂了，我已經不在乎了。」男人接著露出了令人不舒服的微笑。

「咦？這樣嗎？那你為什麼還要來這裡？」我的聲音聽來有些動搖。

所以到目前為止的事情都不是男人主要的煩惱嗎？也就是說接下來才會進入正題。奇怪的是，我還是想不起來這個時候的事情，明明這男人應該是屬於令我很有興趣的客戶類型才對。

「因為發生了很棒的事情啊。」男人竊笑著，「就像我剛剛說的，我在公司和家裡都已經被逼到走投無路了。我也沒想過要來接受什麼諮商。當我開始鑽牛角尖時，該怎麼說呢，我會陷入一種全世界變得朦朧起來的感覺。怎麼說，就像是我遠離了我身處其中的世界的感覺。」

解離性障礙的說法掠過我的腦海。

「對了，我是從什麼時候開始覺得壓力減輕的呢？」男人繼續說道，「不過在家裡、在公司，或是出去跑業務，都不再像之前那麼痛苦。我一開始也沒有發現，只是很享受一種輕鬆愉快的感覺。然後，有一天我突然發現，我跟家人或是公司同事再也不講話了。」

雖然這是種逃避，不過或許可以當成恢復正常的過程。

「您或許會懷疑，不過我真的再也不和任何人說話了。我早上用鬧鐘叫我起床，我老婆和女兒都還在睡。我刷完牙換好衣服，正要出門的時候，兩人都起來了，不過當然不會打任何招呼。去上班也是，不需要和誰說話，只是默默地打卡，然後在座位上發呆或是出去跑業務。就算說去跑業務，其實也只是在某個公園裡坐在大太陽底下發呆，或是在咖啡廳看雜誌而已。之後無論是回公司，或是直接回家，也跟早上一樣，都不會和任何人交談。我會在工作預定卡上寫下自己的預定，交到上司桌上。上司不會抬頭，也不再對我的預定內容挑三撿四，不知道為什麼甚至也不會說什麼諷刺的話了。我照我老婆說的，在外頭吃飽再回去。點餐的時候也只是指著菜單而已。回家之後，也只剩下洗澡睡覺。如果老婆或女兒看的節目，我有點興趣時，我就跟著一起看，不過我不會自己轉台。」

這麼聽著，我只覺得狀況比以前變得更糟糕了。這個男人到底在高興什麼？

「這種狀況能夠說是很快樂嗎？」我聽到了我的聲音。

「那當然，您知道是什麼給我壓力嗎？」

「工作？」

「不是，工作對我來說一點都不痛苦，因為工作不是個有實體的東西嘛。」

有實體的東西。家庭，公司。

「是人際關係嗎？」

「沒錯!上司、同事、客戶、老婆、女兒……讓我痛苦的是人類。和其他人的往來會讓我暴露出來的神經很痛苦、變得衰弱不堪。但是只要不和他們有任何溝通，關係就不再成立。沒有關係的話，他們就全都不存在了。」

「請等一下。為什麼明明存在的，會變成不存在的？存在的就是存在。就算你說不存在，但是沒有人會允許你隨便將存在的當成不存在的。」

「不是什麼允許、不允許的問題。只要關係不在了，就等於不存在了。因爲醫生現在和我有所關聯，所以才能存在。」

唯我主義嗎？很多人在青春期都會這麼想。不會對假設自己以外的人類全都是幻覺、是機器人的想法感到矛盾，會抱持著自己是宇宙唯一存在的想法。然而，大部分時候，這種想法都不會維持太久。有的人透過觀察他人的舉動，便會自己發現所有人類都有自己的意識。也有人會認爲就算其他人沒有意識，生活也沒有問題，所以沒有必要改變自己的態度。然後，不知不覺間，大家會忘記自己曾經有過這樣的想法。但是，這個男人卻是在中年期都要結束的時候，到達了唯我主義的階段。

「請聽我說，你要不要試著這樣想？」我的聲音有著勸戒的意味，「你現在說和你有關係的事物才眞正存在。但是從我的角度也可以這麼說，你之所以會存在，是因爲和我有所關聯，如此而已。你怎麼想？」

「哈哈哈！哈哈哈！」男人笑了，「沒錯、沒錯，醫生說的沒錯。我是因爲和醫生有關聯，所以才存在。」

「那不是很矛盾嗎？」

「一點也不矛盾。……我所謂的存在，指的是相互關聯。當我老婆和我有關聯時，那麼我跟她就存在。我和老婆跟女兒三人之間有關聯時，那我們三人就存在。當我和老婆、女兒有關聯，同時我也和同事、上司有關聯時，我老婆、女兒、同事、上司就透過我互相有了關聯，因此我和老婆、女兒、同事和上司都存在。」

「那麼你現在和他們都沒有關係後，他們也就不存在了？」

「哈哈哈、哈哈哈，正是如此。您終於了解了嗎？當然，他們不是完全不存在了，我還可以看到他們，所以他們很勉強地存在著。」

「請你仔細想一想，我和你今天才初次見面。但是我昨天也存在著，這又該怎麼說明？」

「醫生您昨天也存在，我也存在；但是我和您不存在，今天我和您才初次存在。」

「所以這不是很矛盾嗎？……啊，原來如此。」我好像發現了什麼，「我一直存在於我的宇宙中，而你也一直存在於你的宇宙中。在兩者沒有關係的狀態下，我的宇宙中沒有你，你的宇宙中也沒有我。但是當兩者產生關聯後，兩者的宇宙就一致了，變成互相存在了。是這樣嗎？」

「到剛才爲止，醫生的宇宙中並沒有我的家庭，但是透過我的話之後，她們和您產生了微弱的關聯。因此現在也微弱地存在著。」

原來如此，但是這個理論有個致命的缺陷。

「我的確透過你的話，知道了你太太和女兒的事情，但是她們兩人應該不知道我這個人。也就是說，她們的宇宙中並沒有我，可是她們卻存在於我的宇宙？這不是很矛盾嗎？」

「觀測者和被觀測者在觀測開始的瞬間互相作用，而一體化。觀測者和被觀測者之間沒有區別的。」男人毫不動搖地繼續說著，「可以觀測的東西是存在的，而無法觀測到的東西不存在，醫生是透過我的記憶觀測到我老婆和女兒。」

這想法實在很奇妙，但是又很難具體指摘出哪裡有什麼奇怪，爲什麼？難道我也開始被他影響了嗎？

「我老婆和女兒現在幾乎想不起我了，公司也是。隨著我的影子愈來愈薄，現在已經沒有我的座位了。公司裡和我有關係的文件——業績計畫書、出缺勤管理表之類的，說不定還留著，但是在那之後應該也會被混進不相關的文件裡，然後不見了吧。是的，我也即將和所有人類都斷絕關係了。這樣一來，對這個世界而言，我將不存在；相反的，對我而言，世界也不復存在。啊，這眞是何等喜悅，何等幸福啊。」

男人露出了恍惚的表情。

「等等，請你好好想想。」我的聲音很有毅力地說道，「沒有你的世界或許可成立，但是，沒有世界的你到底是什麼？你沒辦法想像吧？」

「哈哈哈、哈哈哈。」男人笑了，「這個世界的確不見了，但是那個世界出現了。」

「那個世界？」

「是的，影子的世界。」

「影子？那是什麼？」我的聲音聽起來像是被打了一拳。

「醫生在小時候應該也經常有感覺吧？孩子比大人更接近影子的世界。您難道不曾在自己看家時，或是半夜突然醒過來時，在家中察覺到不是家人的人發出來的氣息嗎？

影子很擅長躲在陰影或黑暗之中喔。」

我忍不住笑了出來，我還以爲他要說什麼，原來是「看不見的同居人」嗎？眞是的。

「你聽我說，」我的聲音開始說話，「人心是很不可思議的。精神疲憊的時候，的確有可能會覺得不認識的人偷偷住在家裡。有時候，不是會有東西不見，或是聽見怪聲音嗎？但是，仔細想想的話，一切都能夠解釋的。像你的狀況，是因爲你就算覺得有奇怪的事情，也不詢問家人找出眞正的原因引起的……」

「醫生和他們的關聯還僅止於感受到氣息的程度而已。」男人說，「我一開始也這麼以爲。從無人的房間裡傳出的腳步聲，是建材因爲溫度或濕度產生的聲音，或是和其他地方的聲音產生共鳴而已。剛剛放在這裡的東西突然不見，過了幾天在莫名奇怪的地方找到，我會想是自己弄錯了，還是老婆或女兒隨手亂放的。但是卻開始發生洗頭時突然被轉到冷水、沒人在的廁所的馬桶突然自動沖水，牆壁上突然出現手印又突然消失這一類愈來愈難找到解釋的事情。然後，當我不再和老婆說話時，我就發現他們慢慢地在我家裡增加了。」

「不可能吧？你說的影子，沒辦法看見，也不知道人數吧。」

「不，我看得見他們。你看，他們在這裡。」男人指著什麼，但是那在鏡頭外，所以我看不見。「他們跳的舞很可愛吧。」

我的聲音好一陣子都沒有反應。

「不、不是，那是燈罩的影子。把燈罩拿起來就不見了，而且那影子根本就沒有在動。」好不容易才又聽見的我的聲音似乎有些動搖。

「不用勉強自己不害怕啊，沒關係的。我一開始也很害怕，我晚上自己讀書的時候，他們一定會越過我的肩膀偷看，睡覺時會踩過我的肚子旁邊走過去。而且時間一定都是晚上兩點。因爲棉被上清楚地留下影子腳底的濕氣，所以那絕對不是夢。我也嘗試過不要在意他們的存在，但是影子卻愈來愈來清楚地表達自身的存在。像是半夜去上廁所時穿過一片漆黑的走廊時，會有一瞬間，可以看見他們在走廊一端的身影，但是當我楞了一下要仔細看清楚時，就消失了。還有，我曾經聽過從我房間裡傳來窸窸窣窣的聲音，用力地把門一開，裡頭空空如也，只有櫃子拉門有個兩公分的空隙。他們大概是從那裡出去的吧。我覺得很奇怪，因爲影子開始故意做一些吸引我注意的事情了。他們明明一直都躲在暗處的，該不會是哪裡弄錯了吧。從那時候起，我就開始積極地追逐影子，一點都不害怕了。我對人類的厭惡感愈高，對影子的親近感也愈強烈。最後，我終於成功和影子接觸了，我們現在已經是片刻都無法離開對方的關係了。請看一下，影子現在也在我的背後。」

男人豎起大拇指往背後指去，但是畫質太差，我看不出來男人到底是指哪裡。

「那時候，我終於發覺了，一切都是相反的。我拚命地要和人類來往，爲此痛苦不堪。但是，實際上是藉由斷絕和人類的關係，才能從痛苦中逃脫。和這個一樣，我害怕著影子，一直逃避他們、拒絕承認他的存在，就像現在的醫生。但是，一旦當我決定接受影子的存在後，恐懼便瞬間地消失得無影無蹤了。影子不是敵人，也不是什麼異質的東西，他們是我的朋友。對，我住錯世界了。」

畫面裡的男人開始扭曲起來。

「我要回去的時間接近了。一個星期前，我可以清楚地看見房間角落的黑暗。從我們平常的角度來看，房間角落的黑暗非常狹窄，但其實那是個廣大無邊的眞實世界。那裡有大批的影子蠢動著。從那些並排著巨大到難以形容的建築物中，不斷有液體溢出和被吸進去，但是你只要仔細一看，就可以知道那些不是液體，而是無數的影子集合體。乍看之下，好像每個影子都各自自由自在地動著，但其實是整體有著某種秩序地運動。他們的模樣感動了我，我無論如何都想成爲其中一員。我現在每天都想像著自己是一個影子，開心得不得了。哈哈哈、哈哈哈。」男人以乾澀的聲音笑了，「我跟好幾個影子搭話，已經跟他們說好了，只要我願意，隨時都能進行轉移。怎麼樣，要不要看一看？我會從醫生的眼前消失喔。」

我吞了口口水，這個男人有問題。我只能認爲他十分相信自己說的話，不然這話不會聽起來這麼嚇人。

「可以啊。」我的聲音聽起來有點發抖，「隨時都可以，請。」

「那我開始了。」

我看著成堆的錄影帶，感到毛骨悚然。

連一半都還沒整理完。到底該如何整理才不會堆積成山呢？我每次都會在結束後這麼想。書也是，剛買的書就直接塞進書架裡，種類和大小也不加以區分，結果每次都很難找到想要的書。之前還因爲一場地震，裝書的箱子倒在地上，我就任憑那些書散亂在地，結果愈來愈混亂。如果突然很想讀以前買過的書，我也不會想在書庫先找一下便直接再新買一本，導致書庫的書不斷增加。裡面應該也有很貴重的書……我後來似乎被大量書籍散發出來的殺氣嚇到，想到要進書庫就覺得麻煩得不得了。整理完錄影帶後，要整理書，再來也得整理客戶的資料。我一開始是用筆記本記錄，後來換成電腦管理。那麼以前的筆記本到哪裡去了？舊電腦的硬碟呢？還有……

「我回去了。如何，我已經是眞正的影子了吧？」

聽到了男人的聲音，我嚇了一跳，看著電視畫面。

對了，我在看錄影帶。不小心忘記了。

「咦？」我的聲音聽起來嚇了一大跳，「變成影子？怎麼可能……因爲、因爲……我只是稍微想了一下其他事情……然後就不小心忘了你的……」

背後爬滿了討厭的感覺，就像是以冰製成的蜘蛛爬了上來一樣。爲了確認那只是我的妄想，我伸手在背後摸了一圈。

就是說，同樣的事情發生過兩次嗎？我不知道第一次是何時，但是拍攝這支錄影帶的那一天，我不小心忘記了眼前的男人。然後，剛剛播了這支錄影帶來看的我，也不小心忘記自己正在看錄影帶。這能以偶然說明嗎？如果不能說明的話，該怎麼辦？

如果倒轉錄影帶就可以確認這幾分鐘之內的錄影內容，但是我怎麼樣都提不起那個勁。我有種從未知的什麼解放的感覺。

「哈哈哈、哈哈哈。剛剛我對醫生來說，完全就是影子喔。我湊近醫生的臉，用力地盯著您看，您也完全沒察覺。」

「請不要說這些奇怪的話。」

我的聲音聽起來有點生氣，「你到底是爲什麼來這裡的？」

「我一開始沒有說嗎？我希望您幫我留下紀錄。我還沒辦法完全變成影子，我還有所依戀。就算自己從這個世上消失，還是希望能留下什麼痕跡的依戀。說是這麼說，根本找不到什麼人願意好好地聽我說話，所以我才選了您這位諮商師。因爲您就是靠聽人說話做生意的嘛。不論那些話有多麼荒誕不經。」

「你不也認爲自己的話非常荒誕不經嗎？」

「哈哈哈、哈哈哈，在無知的人看來任何眞實都是非常識的。」

「你是要說只有你發現這個祕密嗎？爲什麼只有你？爲什麼會被他們——影子選上？」

「當然不是只有我才知道這個祕密，現在醫生您不也知道了嗎？不過很快就會忘記了。聽影子他們說，其實很多人類都會變成影子，大概是十個人中有一個的程度。相反的，也有很多明明曾經是影子，不知道什麼時候僞裝成了人類的影子。」

「怎麼可能？再怎麼說，有那麼多人消失的話，一定會變成社會問題。」

「人類變成影子的話，會切斷所有人際關係，就連生活痕跡也會全部消失。而其他人關於那個人的記憶也會消失，醫生您剛剛不就忘了我嗎？要是我就這樣不回來，您一定一輩子都想不起來了。」

「如果我會失去關於你的記憶的話，那麼這場諮商不就沒有任何意義了？你剛剛不是說不會留下痕跡。」

「所以我才要拍錄影帶。」男人微笑，「留下錄影帶的話，就算你失去了記憶，說不定有一天又會發現我。不過最多也只有一次而已吧，說穿了和自我滿足沒有兩樣。」

「對了，你女兒。你有女兒，關於你的記憶或許會消失，那她會變成怎麼樣？你該不會要說，她會變成不存在的人的女兒吧？」

「被切斷的人際關係會自然地變形，以其他方式收尾。我女兒應該會變成不是我女兒的某個人，恐怕會是我老婆和不是我的某個人生下的小孩。」

「我不相信這種事。如果眞有這種事，那我們不就像……不就像……哇！」我的聲音尖叫了起來。

「不用擔心。您因爲聽了我的話，稍微接近一點影子的世界了，所以可以看得見他們。」

「不，這些……這都是錯覺。因爲你下了暗示……」

「能察覺到氣息的話，那表示已經靠得很近了。如果變成像我這樣，有一半已經去了那邊的狀態的話，就可以看得更清楚。其實如果從影子國度的居民看來，醫生也不過只是一股氣息而已。」

「我沒辦法再跟你說下去了！你只是來跟我開這種惡劣的玩笑而已吧！請回吧！不管是影子國度還是隨便其他地方，都隨便你！」

「請再稍等一下，再等一下最後的準備就好了。在那之前，請再跟我聊一下吧。我是要說什麼呢？啊，對了、對了。我在這裡雖然只是不起眼的上班族，不過在影子國度的話，我會是……」

「你說什麼？」我的聲音聽起來很痛苦，「我聽不見！」

「原來如此，因爲是這個世界沒有的概念的語言，所以聽不見。這麼說吧，這個世界最接近的概念，大概就是『王』吧。」

「『王』！」

畫面開始激烈地扭曲。

「開始了。」

男人周圍出現了黑色的東西。

我停掉錄影帶，沒辦法再忍耐了。我應該記得在這之後發生的事情，但是看了這麼長的錄影帶，我還是什麼都想不起來。這個事實本身就太過異常，讓我的精神大感疲憊。我的大腦堅信，若是再看下去，我一定會發瘋。

我立刻從錄影機抽出錄影帶，然後用便條紙抄下標籤上那個有些地方看不清楚的住址。我也沒力氣再繼續整理錄影帶，那天就直接睡覺了，但是整個晚上都被在房間走來走去的人的氣息鬧得無法入睡。或者是被噩夢弄得沒辦法睡？

我盡量將想的起來的內容寫下來。因為我想將我的情緒包含在內，盡可能地忠實記錄下我的體驗，所以成了缺乏客觀性，像是私小說的文體，不過我認為這種形式是最適當的。那支錄影帶不知道放到哪裡去了。雖然我認為有必要好好保管，可是當我注意到時，到處都找不到帶子。我試著找出那個男人的紀錄，但是研究所的紀錄中並沒有類似那個男人的資料。不論哪個客戶的住址都和錄影帶標籤上的不一致。

我得盡快寫下這份手記，我覺得實際上發生的事情應該更多，但我無法找回失去的記憶。我好不容易才想起這些，我在單人房裡寫下它們。

我發現此刻我身邊聚集著無數的影子。

2

之前寫的手記不見了。我只能隱約想起一些內容，我記得是那是關於標籤上寫著住址的錄影帶的事情，還錄著一個奇怪客戶的諮商內容。他說他發現了影子國度，去了那裡。我想應該是這樣的內容，但我不知道那是夢的內容還是事實。我的內心有股騷動，冷靜不下來。可是掉了就是掉了，也沒辦法，我想就當成代替錄影帶，把之後我碰到的事情寫下來當做紀錄。

我去拜訪了便條紙上的住址。因爲很多字都不見了，所以我逐一拜訪可能的住址。有企業的大樓、醫院、學校，只有幾戶住家。我以找人爲藉口，一家家地問了，每一戶都是毫無奇怪之處的人家，我帶著不知道該說安心還是失望的不可思議情緒，終於走到了最後一家。那是一棟已經好幾年沒人住的空屋。因爲在住宅區裡面，所以也沒有荒廢到廢屋的程度。但是，我發現從門外到玄關的鎖都已經壞了，顯然有不特定人物闖入的痕跡。

我跟附近的人打聽了一下狀況。因爲這裡成了不良少年的聚集場所，所以他們試著和屋主聯絡，希望屋主能好好管理房子。但是卻怎麼樣都無法聯絡到人，無奈之餘，附近的鄰居一起將大門上了鎖，但是沒有什麼效果。只是若是再多做些什麼，說不定反而會被屋主抗議，就成了現在這樣無可奈何的狀況。

「屋主是怎樣的人？是不是中年男性呢？」我下定決心問道。

「不是。」隔壁家的主婦一臉不可思議地回答，「是一家小型不動產業者，不過我沒見過任何一個員工。但我記得這個社區中，隔壁這一家到最後還是賣不掉，所以由大型不動產業者賣給他們了。我們家也是買了這裡的二手屋才搬過來的，隔壁變成這樣，實在很傷腦筋。不好好管理，變得跟鬼屋一樣，眞的很受不了。」

畢竟也不可能光天化日之下就闖入別人的房子，所以我先離開，等到晚上再過來。

房子裡當然沒有電力，一片漆黑。這是一棟三層樓的房子，占地不大，卻蓋得挺高的，看起來就像是黑漆漆的古城，讓人很不舒服。

我很輕易地穿越大門。接著走到玄關門前，以不引人注意的角度，打開了手電筒的開關。鎖頭和門把都已經壞了，爲了不讓人打開玄關門，門上釘著簡單的木板。我有些後悔沒帶手套來，不過還是空手把木板拆了下來。雖然留下了指紋，不過我也沒犯下什麼大罪，警察應該不會有什麼動作吧。

我打開大門，手電筒往內一照，看到了一大片蜘蛛網。就像附近的人說的，這裡到目前爲止都沒人住過，沒有任何家具、生活用品之類的生活痕跡。但是到處都散亂著空罐、食物的袋子以及舊衣服之類的東西，證明有很多人違法侵入；而我也是其中一人。

我毫不猶豫地穿著鞋走上走廊，就算脫了鞋，也只是弄髒襪子而已，不會有人稱讚我。

一樓是廚房、浴室之類的用水的地方，以及還算寬敞的和室。我也直接穿著鞋子踩上榻榻米，沒有什麼奇怪的地方，裡頭只有垃圾。我接著上去二樓，因爲建地狹窄，所以樓梯非常陡。二樓有幾間房間，但和一樓一樣都只有垃圾。我注意著不讓手電筒燈光朝向窗戶，繼續調查屋子內部。若是被附近的人察覺到手電筒燈光報警的話，事情就麻煩了。三樓有一半是陽台，剩下的是一間大房間。我走近窗戶，附近的房子盡收眼底。不過也只是普通的住宅區，沒什麼值得注意的地方。我有點失望，但是期待空屋會有什麼有趣之處的想法本身或許就很奇怪。我打算下樓，所以轉身朝向樓梯的方向。

有人在，那人躲在我走進這個房間後就一直打開的房門陰影裡。我拿手電筒照了過去，結果光與影的對比太過強烈，反而看不清楚。

「是誰？」我試著呼喚對方。

在知道對方身分以前，還是不要自報姓名比較好。如果那人只是普通的侵入者，或許我只要裝成自己是正當的管理者，就可以逃走了。說是這麼說，不過假裝自己是管理者還是不太好。萬一對方是眞的管理者，只會給他多餘的懷疑。這時候還是老實地招認自己是因爲好奇心才這麼做，請對方原諒我比較好吧。

爲了看清對方手中的牌，我一直等著。但是，對方卻動也不動。因爲他隱身在影子裡面，所以一直盯著無法看清的對象。那是個中年，甚至是已經接近老年的男人了。表情很不清楚，但似乎一直凝視著我。我不知道他穿什麼服裝，看起來似乎是以鼠灰色爲基調的打扮。然後保持著像是招手的姿勢，站得直直的。

我見過他，我這才發現，他是錄影帶裡的那個男人。他果然住在這裡，因爲有什麼理由，所以躲在這裡吧。果然什麼影子國度都是這人的妄想、捏造罷了。

我一邊笑著，靠近了門邊的陰影。

手電筒往陰影一照，沒有人。

怎麼回事?他應該沒有任何逃走的機會。

我拿著手電筒，仔仔細細地調查了房門，沒有任何機關。

房門的另一邊，有人正在窺探，是剛才那個男人。他還是一動也不動，以輕蔑的眼神看著我。

我再次走到房門裡側，還是沒有人。我感到了一股令我毛骨悚然的寒氣，有什麼東西躲在房裡。

我也不在意光線會漏到窗外了，我拿著手電筒在房裡四處照來照去，什麼都沒有。

眞的嗎？

房間裡到處散亂著垃圾，被手電筒照到的垃圾會產生影子。他們從一個一個影子中，監視著我。他們屛氣凝神地看著我。我急忙往後退。只要手電筒燈光的角度有變化，垃圾的影子也會一起變形，他們故意改變了位置。

我下定決心靠近附近的垃圾，手電筒的光讓影子消失了。同時有什麼東西飛向別的影子，那裡什麼都沒留下。

我已經被完全包圍了，但是我不能太焦急。他們不見得是一定有害的，而且也不能進入有光線的範圍。或者是因爲在光線之中，我能看到這個世界的東西，所以我才無法觀測到他們。不論哪一邊都是一樣的，無法觀測的話，就不存在。奇怪，我爲什麼會這樣想？總之，只要有手電筒的話，應該可以輕易地從這裡逃出去。

這時候，手電筒的燈光搖了一下，影子開始四處跳躍。我雙手顫抖地想要檢查手電筒，結果手滑了，它開始往地板落下。簡直就像慢動作似地緩緩落下，光線不停轉動著，影子的樣貌也不停變化。他們在房中四處亂舞，我聽到咚的一聲，手電筒掉到地板上了。

光線消失了。

他們被解放了，無數的小影子一起產生了沉默的爆炸，瞬間占滿了屋中的空氣，毫無間隙。他們激烈地互相碰撞，嘴裡喊叫著什麼。像是翅膀的東西，從我的背部掠過，飛了開來。一股溫熱的野獸氣息噴上了我的臉孔，在快要窒息的時候，我朝著窗戶衝出去。一種軟爛的觸感抓住了我的腳，窗戶附近有來自外面的微弱光線，讓他們的存在變得稀薄。我害怕著倒映在窗戶上的影子，好不容易才打開鎖，衝出了陽台。

我完全不記得自己是怎麼到下面的，只是當我發現時，我正全力奔馳在夜晚的住宅區中。電線桿、垃圾桶、汽車、轉角——從那棟房子的方向，他們接二連三地不斷溢出，在影子中盯著我看。我只能這麼覺得。而且我看見了，當手電筒消失時，從影子之間迅速地站了起來，像是要發出什麼宣言的男人。

影子國度的國王，我不知道爲什麼想到了這個字眼。

3

我好像做了一個很可怕的噩夢，非常恐怖，恐怖到了極點的一個夢，但是我卻完全想不起來內容。

夢中的我想起了什麼，又再度忘記。我的體內還殘留被某種令人極度不安的東西追趕著的感覺，可是我卻想不起來任何具體的內容。

我覺得那是很重要的事情，對，我不斷地提醒自己不可以忘記。

只有這個不能忘記，一定要小心他們，絕對不能鬆懈。不可靠近他們，不可以再關心他們。

可是，我想不起來這些想法的意義。我爲了不要忘記夢的內容，還做了筆記，但是我找不到那份筆記。該不會連做筆記都只是一場夢？

那場夢一定有什麼重要的意義，只要記得的話，說不定我就可以自己分析了……

那到底是什麼呢？我非常在意。

4

今天從一大早就非常清爽，天空萬里無雲。正好是假日，今天就到哪裡走走吧。那些整理到一半的錄影帶，就下次再整理吧。

我不知道爲什麼感到有些興奮，今天一定會有什麼好事吧。

6

聲音

我撿到了一支手機，那是一切的開始。不，嚴格來說，那個時候一切已經開始了。

那支手機非常小，被棄置在車站的長椅上。我以爲是最新的機種，不過整支髒兮兮的。伸手一摸就有某種紅黑色的汙垢沾在手指上。

我並不打算拿那支手機來用，只是覺得它很奇怪，所以拿來看看。

電話鈴聲響了起來。

我猶豫了一陣子之後，按下了通話鍵。說不定是失主打來的，如果是的話，就問清楚住址，還給對方就好。

「喂。」我戰戰兢兢地說。

「喂。」我好像在哪聽過這個聲音。「妳仔細聽好我接下來說的話。」

「請等一下。」我嚇了一大跳，「妳是誰？」

「妳想知道的話，我就告訴妳吧。」那聲音很強勢地說，「我就是妳啊。」

我嘆了口氣，看起來是有人在惡作劇。

「不，這可不是什麼惡作劇喔。」聲音繼續說。

這簡直就像讀了我內心的想法，大概是偶然吧……

「不，這不是偶然！」聲音聽來有點生氣，「因爲我知道妳在想什麼。」

心電感應？

「才不是心電感應。我不是說我是妳了嗎？我知道自己的想法，這有什麼好奇怪的。」

「我聽不懂妳在說什麼。」我按著太陽穴，「如果妳是我的話，那麼這個我又是誰？」

「妳說這什麼莫名其妙的話？妳就是妳啊。」

「爲什麼會有兩個我？」

「這世上有一大堆我，數都數不清。不提那個，我有更重要的事情要說。妳有股票吧？」

「是啊。」我的確在一年前買了一支別人推薦的股票，託那支股票的福，我的銀行存款幾乎見底了。但是那是很有發展性的公司的股票，應該不會有損失的。

「麻煩妳在今天之內賣了它。」

「爲什麼？這星期以來股價一直下跌，賣了就虧大了。」

「那支股票明天就會變成廢紙了。」

「哼，要開玩笑也有個限度吧。」我掛了電話。

那家公司隔天破產了。

失去全部財產的打擊讓我連續好幾天都變得跟行屍走肉一樣。一星期後，我突然發現我一直把那支手機放在口袋裡。

我這才想到，如果我當初聽那個聲音的話，就不會落到現在這個下場了。

我無意識地按了重播鍵。

幾聲通話聲之後，我聽到了一個戰戰兢兢的女人聲音。「喂。」

那個瞬間，我突然懂了，剛剛接電話的人是一個星期前的我。我不知道究竟是怎麼回事，但是這支手機看來似乎是某種時光機，可以跟其他時間點的自己對話。

「喂。」我有些興奮地說，「妳仔細聽好我接下來說的話。」

「請等一下。」女人的聲音說，「妳是誰？」

「妳想知道的話，我就告訴妳吧。」我很不耐煩地回答她，「我就是妳啊。」爲什麼連這麼簡單的事情都聽不懂？現在不趕快賣掉股票，就要破產了啊！我說出過去的自己心中的想法，希望她能相信我，但是她似乎認爲我在惡作劇。

「哼，要開玩笑也有個限度吧。」她說完就掛掉了電話。

這眞是最糟糕的結果。明明發生了奇蹟，明明有免於二度破產的機會，卻還是丟掉了。

這時，電話又響了。該不會是過去的我想通了，打電話來了吧？我急忙接起電話。

「這下妳懂了吧。」我在電話另一頭的聲音和方才完全不同，非常冷靜。看起來是從未來打來的。「我們眞是太幸運了。」

「那個幸運剛剛跑了。」我很失望。

「妳在說什麼？接下來還有很多機會啊，像是賽馬、彩券……」

在那之後，我每天都按著未來的自己的指示行動。未來的我已經掌握了賭博、彩券、股票、期貨交易的結果。我只是按照她說的做，就輕輕鬆鬆地成了億萬富翁。

「小姐，可以跟妳說句話嗎？」一個年輕男人在某個派對上向我搭訕。

「不行。」我嘖了一聲，「我現在很忙。」

我當時正在和未來的自己說話。

「賣掉黃金，改買鈦。」未來的我很懊惱似地說，「買的方法弄錯了，所有財產都沒了。」

「哎呀，你之前才說因爲美術品交易失敗破產的……」

「咦？我不知道那件事。那是更久以後的我喔。我當時照著她說的做，所以逃過破產了。」

「但是，確實那個時候……」

「妳沒因爲美術品交易破產吧？」

「是啊。」

「我是未來的妳，所以妳沒破產的話，我也不會破產。這不是理所當然嘛。」

「那不是很奇怪嗎？」

「好了啦，不要再說了。我很討厭去想麻煩的事情，妳也是吧。」

確實如此。既然一切都如此順利，也沒必要故意把事情弄得很麻煩。我抄下來自未來的指示。

一星期後，我啞口無言地看著電視。和期貨交易無關，那個非常順利。讓我啞口無言的是，某國王子的訂婚報導。他悄悄地來到日本，和一週前在某個派對認識的女性閃電訂婚。

在上星期的派對搭訕我的青年就是那個王子。

我氣得咬牙切齒，居然這樣錯過了一生一世的大好機會。只要有才能，賺錢不是問題，但是要成爲皇室成員卻是困難至極。

不，還有機會。

我拿出那支手機，按了重播鍵。

「怎麼了？」我的聲音聽來很驚訝，「妳不是才因爲期貨的事情打電話來嗎……」

「剛剛的不是我啦。不講那個，剛剛是不是有個年輕男人來搭訕？」

「對啊，但是他不是我的型，所以我就沒理他了。」

「妳趕快去找他，趕快跟他訂下約會，他可是王子啊。」

「咦！眞的嗎？！那銥就別管了，我得趕快去進攻。」過去的我掛了電話。

我有種很奇怪的感覺，而且我發現這是我第二次打電話給過去的自己。第一次之後，都是未來的我打來的。

但是也沒必要在意那些，因爲我要變成王妃了。

電視中，王子和我不認識的女人幸福地並肩站著。

下次就會是我站在他的旁邊了。

下次是什麼時候？

我已經給過去的我指示了，所以現在應該是我站在那裡。那麼在這裡的我是？

原來如此，我到現在才眞的懂了。打電話給我的未來的我們全都失敗了。而我消除了那些失敗，所以她們自己也全都不在了。改變過去等於否定現在的自己。

如果不打電話給過去的自己取消剛才的指示的話，一切都會無可挽回。我慌慌張張要拿手機。

但是我的手已經變得朦朧，和手機一起開始融化在空間裡。

在逐漸消失的意識中，可以看見電視中正在微笑的

7

C市

那個城市的天空總是鉛色的。

我在那裡已經住了九個多月，沒有一天是晴朗或是有風雨的，每天都是陰鬱的鉛色天空。雖然偶爾也會下雨，但那只是像霧氣一樣的微細粒子，稍微沾濕了地面而已。潮濕的風中帶著隱約的腐臭，就像是黏上衣服似的纏繞著全身。只要一不注意，牆壁、天花板、家具、書籍乃至於人體都會長出有著奇怪又醜惡的顏色的黴菌。

我在被分配到的房間放了除濕機，一整天——去研究所工作時，不在家的時間也是——都開著除濕機，但是一點用都沒有，整個房間總是有著嚴重的濕氣。

為什麼會在這種地方蓋研究所？來此赴任之初，我曾經問過其他同事。這裡的人會那麼奇怪是不是因為這個氣候的關係？

可是幾乎沒有人願意回答我的問題，甚至還有人冷哼了一聲。

只有一名日本的科學家骨折博士很抱歉似地回答我，瑪麗，請不要認為日本的城市都是這樣的。這裡只是比較特別而已。在蓋研究所之前，這裡只有一個小漁港。因為地形和洋流的關係，經常有富含大量水氣的風吹向這裡。幾乎無法種植農作物，居民只能出海到海相很差的地方捕魚，但是收穫總是很糟糕。可能是停滯的洋流的關係，這一帶的海中生物的礦物質似乎嚴重不足，和其他地方相比，不僅小了一圈還很多畸形。也可能是什麼太過剩了。總之，因為這些原因，這裡的居民臉色很差，長相也不像日本人。不過根據雷歐魯諾博士的說法，居民身體之所以會出現這樣的特徵，不是食物的影響，似乎是多代近親結婚造成的。啊，他們會反覆近親結婚是有原因的，並不是他們自己願意的。不知道從何時開始，附近的居民開始極度厭惡和這裡的居民結婚。眞是丟臉，這一帶到幾十年前為止都還有著愚蠢的地區歧視惡習。其實我祖父也是附近出身的，聽說甚至有用來嘲笑這裡居民長相的特殊說法。眞是太過分了。不過也因爲如此，才能用便宜到嚇人的價錢買下研究所用地。

CAT研究所有著朝著四方延伸開來數公里大的廣大建地。與其說這裡是數十棟的建築群組合而成的一個研究所，其實已經是個都市了。而且不是什麼嶄新的近代都市，反而不知爲何給人一種已經滅亡的古代都市感。決定在日本成立CAT研究所的經緯眾說紛紜，只知道日本政府爲找不到建地非常煩惱，煩惱到最後，他們告訴各國政府要在這裡蓋研究所。這片土地本來的名字似乎有什麼禁忌，因爲很難聽到有人提起，所以我早就忘記了。大家因爲這裡有CAT研究所，所以就單純地稱這裡爲C市。C市的市容非常雜亂無章，是個毫無規畫的地方。各國根據各自的想法設計建築物，所以建築物的形狀和顏色完全不一致。別說樓高了，就連每一層階梯的高度都不一樣。似乎是因爲日本政府送給各國的建地圖有錯誤，所以到處都能看見建築物在建設過程中差點撞在一起，好不容易才勉強避開的痕跡，或是自暴自棄以完全不同的樣式融合在一起的部分。而且可能因爲這裡本來是濕地，地盤脆弱的程度遠超乎想像，所以在建築過程中地盤很快就出現褶曲。因爲在有限的時間和預算內繼續建設城市的關係，幾乎所有建築物都以奇妙的扭曲狀態完工了。屋頂、梁柱、牆壁、地板、天花板、窗戶、大門通通都有著各式各樣的奇怪角度。建築物也因爲濕氣和黴菌的關係都變色了，我每次只要眺望街景，就會有種奇怪的噁心感受。

住在C市的人中，有大批的科學家和負責各種雜事的職員。

包含我在內，科學家從世界各國聚集到這裡，其中過半數屬於以賓茲教授為中心的主戰派。第二多的是以拉雷松博士為首的反戰派——骨折博士也屬於這個團體——然後最弱小的勢力是我參加的懷疑派，這個團體並沒有明確的領導者。

主戰派的科學家主張應該加以討伐C——他們認為Cthulhu這個發音本身會帶來嚴重的後果，因此多以首字母加以稱呼——不過他們只有主戰這點一致，其他觀點也是各自為政。

賓茲教授本人主張C可以瞬間適應各種環境，是超進化型態的宇宙生命體。他認為C是在前寒武紀飛來地球，活到今日都是同一個體。這段期間，C歷經了許多次地球環境的巨大變化。此外，在來到地球之前，C應該曾在其他惑星生存過，經歷了宇宙空間的旅行來到了地球。即使在地球，C似乎在陸地與海底都可以生存。也就是說，C可以適應任何環境。目前還不清楚C是否具有知性，但至少它已經進化到可以適應任何環境的地步，恐怕已經完成了最終的進化。對那樣的存在而言，有無知性已經是毫無意義的枝微末節了。

主戰派中的另一支派則認為C不屬於我們的宇宙。根據他們的說法，C正是異次元知性體的一個橫切面。C最大的特性就是不可理解，甚至連它為何存在也無法有合理說明。為什麼這麼說，那是因為我們人類企圖理解這個宇宙的一切存在，然而若是

C並不屬於這個宇宙，那麼當然無法理解它，根本也沒必要講什麼超進化這種無法定義的概念。這個宇宙本來就是有限的，只會有必要的進化，沒有什麼充分進化的餘地。如果眞要達成那樣的進化，那一定是這個宇宙外的存在。比方說，若是有種生物只能生存在海面，被囚禁於海水和空氣之間的境界，既不能潛入海中，也不能飛到空中。對那種生物而言，活動範圍就只有海面，它永遠無法認識海面之外的領域。如果人類踏入了那種生物的棲息領域，會變成什麼狀況？它只認識人類和海面接觸的部分，無論是空中或是海中，對它而言都不存在。假設人類的腳踝浸在水裡，在那個領域裡來回走動，從那生物的角度來看，所謂的人類不光是形狀、大小有各種變化，就連數量都不固定；而且還是會在附近引起足以改變世界的奇怪現象的存在。若將那種生物和人類的關係，比喻成人類和C的關係的話，又會如何？

此外，還有另一個支派主張，有某種最終觀測者將C放在時間無限大的位置，C是前者的探針。他們是強人擇原理的信奉者。有很多可說是宇宙基因的物理定數——光速、普朗克常數、基本電荷、萬有引力常數、空間次元數——等等，只要我們所知的任何數值有所偏差，就算只有一點點，人類就無法存在的事實早已透過簡單的模擬證明了。那麼這個宇宙又爲什麼會有些簡直就像是爲我們準備好的物理定數？弱人擇原理的支持者認爲那不過只是突發的偶然罷了。像是中了彩券的人或許會尋求自己如此幸運的原因，然而那不過是偶然而已。中了彩券的幸運可能無法以偶然來說明，但那也不過是事後諸葛。要是從未中過彩券，根本就不會有爲什麼會中獎的疑問。如果這個宇宙的物理定數發生偏差，提出這個疑問的人類也不會存在。產生人類的宇宙，其物理定數適合產生人類根本沒什麼好大驚小怪的，這事一點都不奇怪；但是強人擇原理的支持者就不這麼想了。他們認爲宇宙是藉由人類的觀測，才能獲得眞正正確的物理定數。在二十世紀出現的量子力學將觀測問題這個哲學性命題送到了科學家的面前。在無人觀測的狀態下，無論何種現象都只能以不確定的波長型態存在，藉由人類觀測的行爲，這些波長才能成爲具體的現象。也就是說，盒中的貓是生是死無法確定，只有在打開蓋子的瞬間才能確定。人擇原理的信奉者將這個解釋擴大到宇宙開闢過程的物理定數決定過程。換句話說，透過人類的宇宙觀測，在無限的可能性中確定了這個能讓人類生存的宇宙樣貌。得知了C的存在的人擇原理支持者將這個想法再往前推進，他們認爲若是過去的宇宙是因爲人類的觀測而確定的話，那麼現在的宇宙豈不是因爲未來的某種存在的觀測而確定的嗎？然後，未來的宇宙應該也是因爲更未來的某種存在的觀測而確定的。因此繼續追究原因的話，就可以達到位在無限大的時間的最終觀測者的概念了。那個存在是最終觀測者，已經沒有任何存在觀測到那個存在。而根據觀測，在無限的可能性中選出了這個宇宙的過去、現在和未來，加以確定。就像人類利用光子、電子和聲子進行觀測一樣，最終觀測者應該也使用了某種探測針進行觀測，和這個宇宙產生作用。從無限大的時間來的探測針的作用也無限度地增幅了。C應該就是擔任探測針的角色，否則無法說明它那廣及於全部的時間和空間的特性。

還有更奇妙的解釋，有人將C定位在對應於人類進化的暗在系的非生命反應。講到這裡，已經大大超出現代物理學的範疇了，沒有太多人贊成這個理論，不過仍然是一派勢力。這個世界是由人類能夠觀測和無法觀測的領域構成的。無法觀測的領域可以是時空地平線的另一端，也可以是普朗克長度以下的極微世界。總之對人類而言，那個領域是全然不可知的。但是，「不可知領域——暗在系」和「可知領域——明在系」並非毫不相關。這一派的科學家試圖透過導入物理法則不通用的暗在系，解決相對論和量子論之間的巨大理論矛盾。像是，雖然被相對論禁止，在量子論中不可或缺的超光速只存在於暗在系之中。就算超光速存在，只要無法在現實中觀測到，那麼和相對論也就不牴觸了。人類的進化存在著種種謎團。其中最大的謎團是人類的進化幾乎在五萬年前就已經結束了，爲什麼在石器時代的人類需要和現代人同等性能的大腦？又爲什麼，五萬年前時進化就必須結束了？暗在系的信奉者認爲原因就在暗在系，而在暗在系中呼應著人類進化的存在正是C。C本身並不是生命，但是因爲和生命交互作用後，便像生命似的活動著。因爲存在於暗在系，所以絕對無法以物理方式加以觀測；但是可以給予和它產生作用的人類大腦影響。這樣就可以完美地說明C的超越性和普遍性，換句話說，人類的急速進化以及在那之後的停滯和C的死亡與復活有著密切的關係。

各派都發展無法與他派相容的理論，反覆著激烈的爭論。異次元派、無限大派和暗在系派一開始便認爲，對根本非一般物理存在的C開戰是無謀之舉。但是賓茲教授始終主張必須盡早開發攻擊C的方法，並且非常有耐心地不斷嘗試說服其他派別。

但是就算C是異次元的生物，那又如何？對於居住在三次元空間的我們來說，C

在三次元中不過只是橫切面罷了。就算它擁有高次元的肉體，也根本無法觸及我們。若是這樣，那麼異次元生命存在於三次元的橫切面和居住在這個三次元空間的生命並無二致。說不定只是我們自己沒有察覺，我們或許也只是高次元生命的的一個橫切面而已。

無限大派的各位，你們犯了很大的錯誤。最終觀測者可以觀測我們，但我們絕對不可能觀測對方。這不是什麼證明不證明，而是最終觀測者的定義問題。如果可以觀測到對方，那麼對方就絕對不可能是最終觀測者。正在觀測的你才是最終觀測者。我認為最終觀測者的屬性應該是A。無限大派提出了反駁。或許A的確是最終觀測者吧，但我們並不是說C就是最終觀測者。我們認爲存在於我們和A之間的相互作用的橋梁正是C。最終觀測者正是這樣觀測全時空領域的。也就是說，它和全時空領域互相作用。對A來說，和A相互作用的全時空領域，正是Y本身。而我們也是Y的一部分。賓茲教授進一步地逼問，但是若是A是最終觀測者的話，不論直接間接的差異，全宇宙的森羅萬象都該是A的觀測對象。既然這樣，C是A的觀測對象，也是Y的一部分，不是嗎？若是這樣，那麼我們跟C是同等的存在。A的確可能是不可侵犯的存在，但C不是。

如果C眞的是暗在系的存在，那麼我們應該完全無法觀測到它。相反的，現在的世界卻充滿著C復活的徵兆，這要怎麼說明？

暗在系派提出反駁，雖然無法直接觀測暗在系，但是可以確認暗在系的痕跡。比如說，我們無法直接觀測波函數，但是可以透過尋找無數粒子的分布，來推測其形狀。同樣的，我們無法直接觀測C本身，但是透過統計許多人的夢境或幻想，可以間接推測C的活動狀況。賓茲不肯放棄。你們聽好了，就算無法觀測到C本身，就算它不在這個世上現身好了，儘管如此，C的徵兆卻出現在這個世界上。如果那個徵兆就是我們所說的宇宙生命體的超進化型態的話？

賓茲一一擊破各個派系，並將他們吸收進主戰派，如今只剩下兩個小派系沒被吸收。

拉雷松博士率領的反戰派已經直接放棄解釋C了，他們認爲討論C的眞面目，是非常荒謬的事情。C是超越人智的存在，就算用人類的語言表現，人類的智力也無法理解；那正是C的本質。但是人類就是會害怕不知道眞面目爲何的東西，爲了逃避恐懼，人類會替恐懼的對象命名、分類、加以解釋。透過這些作爲，認爲自己好像理解了恐懼。然而，那不過只是錯覺罷了。就算是給了對象名字，也無法支配對方。這樣做，不過是自暴自棄而已。我們首先要做的是承認C強大到人類的知性無法捕捉，無法與其戰鬥。我們能做的，只有祈禱，祈禱C對人類毫無興趣。挑起戰爭是太過荒唐無稽之事，我們只能在C離開之前，屛聲歛息地四處躲藏而已。賓茲教授當然也企圖擊破他們。認爲只要躲起來，對方就會放自己一馬的想法太天眞了，攻擊才是最佳的防禦。但是反戰派的成員只是淺淺一笑，你認爲是自己從貓的眼前消失的老鼠活得比較久？還是自己去挑釁貓的老鼠活得比較久？反戰派在自己和主戰派之間畫了一條楚河漢界，絕對不肯妥協。

剩下來的是最少數的懷疑派，同時也是最理性的派系。主戰派和反戰派的主張，都沒有任何根據，只是假說而已。檢證假說必須透過三個階段進行。首先，確認那個假說有沒有任何矛盾。這不需要說明吧。如果是要否定自己的理論那另當別論。第二是確認和現實的觀測事實是否一致。無論是怎麼樣綿密建構而成的理論，若是脫離現實太多，那不過只是單純的思考遊戲。第三是確認這個假說是否很單純，也就是所謂的「奧卡姆剃刀」。人們很容易忘記這件事情。若是執著於某種假說，即使和觀測事實不合，也會加以無視，而是想辦法隱瞞理論的破綻。如果又發現矛盾，就再想辦法圓過去。這樣長久反覆下來，經常會陷入雖然可以說明觀測事實，但是理論本身變得非常龐大、複雜，有一大堆例外的狀況。建立理論的人本身或許很滿足，但是除了因爲太過複雜，導致這個理論很難運用之外；更重要的是每當發現新事實就必須想辦法調整的理論，根本無法運用。在試著說明觀測事實的各種理論當中，我們應該選擇的是其中最單純的理論。單純的理論容易理解也容易應用。萬一發現理論有錯，也只要下定決心放棄就好。主戰派主張的各種理論或許可以解釋發生在世界各地的異常現象，但是那些理論都包含著許多假設和鬆散的邏輯。懷疑派主張回到原點進行考察，難道沒有能更簡單說明這些異常現象的統一理論嗎？

在世界各地同時成立了許多提倡奇怪教義的新興宗教。難以想像的各種自然現象——風速超過百公里的大風、淹沒內陸數公里的海嘯、燒毀一整個城鎮的落雷——都在短時間集中發生。在某個海港城市，居民的肉體產生奇怪的變形，在那之後美軍在城市近海發動了核彈攻擊——這件事情是最高機密，連CAT也沒接到報告。某個女人生下了看不見的怪物，四處攻擊人類。一開始，人們並沒有將這些事件聯想在一起，但是這些異常狀況持續了數個月、數年後，人們陷入了猛烈的不安和恐懼當中。接著，眾人開始尋求可以解釋現狀的理論和解決方法。其中，科學家是最晚陷入恐慌的一群人。他們試著合理地說明這些怪異現象，然而眼見離奇事件天天發生加上大眾的強硬壓力，讓他們也漸漸改變了想法。終於在三年前，由聯合國主導，開始了動員世界上各領域科學家的CAT計畫。上千名科學家聚集到這座蓋在日本海岸的研究所，投入大量的資金，商討關於C的對策。選出科學家的方法，各國都不一樣。有完全志願制，也有政府強制選出——被選出的人稱這個制度叫「徵兵」——此外，也有選舉或是抽籤決定的國家。幸運的是，雖然不多，不過這些科學家中也有像我們一樣的良心分子。

為了架構簡單的理論，我們先收集情報再加以分析。果然如我們預料，幾乎沒有C的第一手情報，都是傳聞居多。人類就算是自己體驗過的事情，也無法正確地記住。因此關於他人的體驗，當然也會包含錯誤的情報。也就是說，不應該利用這些情報來建構理論。我們很有耐性地收集第一手情報後，得到了一個結論。C根本就不存在，一切都是集體歇斯底里引起的。

那麼你們要怎麼說明世界各地發生的異常現象？賓茲非常激動地質問我們。沒有必要說明，因為那本來就是會發生的事情。就像彩券中獎是相當罕見的事情，每年還是會產生一定數量的得獎者。雖然是發生了非常稀奇的事情，但也不需要認為是特別的事情。

如果這些怪現象只發生一次，我也可以接受你們的說法。然而，像這樣不斷地發生，應該不能只用偶然二字就解釋得過去。

的確不能只靠偶然二字解釋，但那是有理由的。初期的幾個事件恐怕是連續發生的。雖然異常氣象或是怪異事件連續發生是極爲罕見的狀況，但並不是什麼奇蹟。幾個世紀內出現一次這種程度的事情，一點都不奇怪。問題是在這之後，很多人都直覺認爲，這些怪異現象不可能會偶然地連續發生。那不過只是直覺，並沒有任何根據。然而直覺變成了不安，在人的心裡留下了根。人們將自己的內心投影到外部世界，看到了新的怪異現象。又或者是，有些怪異現象是人爲造成，而且不帶任何意圖，是毫無自覺的。

那麼你們又要怎麼說明世界各地獨立出現的新興宗教幾乎都提倡同一種教義？而且無數的人都做了連細節都一模一樣的噩夢？

你怎麼確定那些宗教都是獨立的？像現在這樣網路發達的社會，很難形成完全的孤立組織。若是兩個組織擁有相同思想，那麼不是思想本身非常一般，就是一方的組織將思想傳至另一方，他們擁有同一個情報來源的可能性非常高。不過他們當然不會老實承認吧，這是宗教團體理所當然的行動。至於噩夢也是同樣的情況。託大眾媒體的福，大部分的人每天都接收到同樣的情報。夢是由白天接收的情報形成的，那麼做相同的夢也不是什麼怪事。不過當然不光是這種理由會令眾人做了連細節都一致的夢，我們認爲沒有任何理由會讓夢的細節都一模一樣。而且夢的記憶本來就極為曖昧，根本不可能確認細節。眞相應該是聽了別人的夢，不知不覺地將那些當成自己的夢境了吧。

我們有一些不可動搖的證據，像是C的神像，那是在兩億四千年前製作的。

你說那是兩億四千年前的東西，你的根據不過是埋了那個神像的地層年代而已。爲什麼這麼說，因爲調查石頭形成的年代根本沒有意義——那些落石中到處都有數億年前的東西——但是，你並沒有神像的確埋藏在那裡的證據。而且就算埋在那裡，也可能是有人在之後的年代埋的。

派系之間的爭論永無止盡。懷疑派的意見雖然很妥當，但因爲是少數派，一直很難說服別人。

在C市工作的職員大多是當地人。因爲C市建設的關係，漁港消失了，爲了照顧他們的生計，所以政府讓他們在這裡工作。他們住在C市一角的宿舍裡。乍看之下是公寓型的房子，不過每個房間都不大。而且因爲蓋在之前所提到扭曲得最激烈的地區，牆壁已經出現龜裂，外表看起來就像快要倒塌的大樓。其實所有居民都領到了一大筆補償款，可以選擇離開這裡。但是不知爲何，幾乎所有人都選擇了擔任研究所職員這條路。恐怕是因爲長年受到周邊居民的歧視，對於去其他地方一事抱有過剩的警戒心吧。就像骨折博士說的，這裡的居民外表顯然和該國人民大不相同。不是日本人起了突變這麼單純的差別而已，根本就是另一個人種。我絕對不是種族歧視者，但是只要他們一靠近我，我就會有股不明所以的不安感受。那並不是嫌惡，而是他們的異常性給我太強烈的印象所致。C市聚集了各國的人種和民族，但是這裡的居民和其中任何一種人都不像。雷歐魯諾博士認爲這是反覆近親結婚帶來的突變固定下來的關係，我卻認爲這些人應該是乘著洋流抵達這裡的。不是幾十年、幾百年的事情，大概是幾千年甚至幾萬年前漂流到日本的人的後裔，而那個母體的人種一定早就滅亡了。我之所以這麼想，是因爲這裡的科學家中沒有任何人知道相當於這裡的居民的人種是什麼。

不，嚴格來說，我認爲只有一人似乎心裡有數。一位叫史密斯教授的美國科學家，眾人都傳言他的工作和軍方有關。他來到這裡，看到職員的臉孔後，突然說了一句。

這是怎麼回事……這不是鱒魚臉嗎？

我因爲聽不清楚，反問他說了什麼，然而教授卻閉口不語，完全不肯回答我。

職員們毫無霸氣，忠實地執行我們的要求，默默地執行所有從單純到複雜的工作。他們的薪水比起一般的公務員，絕對算不上高，但我從未聽過他們抱怨。我曾問過他們其中一人，爲什麼願意忍耐如此低的收入？難道他們不知道其他人賺多少錢嗎？

我們當然知道外面的行情，那個職員慢吞吞地用嫌麻煩的口氣回答我，但是和在那個腐臭的海上抓著快死的魚相比，這裡已經像是天堂了。

但是如果去大都市，應該可以找到更多工作，就算沒辦法立刻找到，用補償款也可以暫時生活無虞吧。

妳說的沒錯，但是我們不打算離開這塊土地。讓你們在這裡建設C市的條件就是，要讓我們留在這裡。

你們爲什麼這麼執著這塊土地？

因爲我們要遵守和克拉拉大人的誓約。

誓約？克拉拉是誰？什麼時候的誓約？

那個職員什麼都沒說，只是掛著淺笑，離開了。

中午吃飯時，我跟骨折博士提到了那個職員說的話。因爲我想同樣是日本人的他，應該知道一些有用的情報。但是博士似乎在想別的事情，沒在聽我說話。

你在想什麼嗎？

咦？啊，抱歉、抱歉，我有點擔心的事情。

擔心的事情？

賓茲教授他們的事。

我嘆了口氣。鷹派又有什麼企圖了？

HCACS。

那是什麼的略稱？

學習型自動追蹤攻擊C系統。

自動追蹤攻擊Cthulhu？

周圍正在吃飯的人一起望向我們。

喂，妳這樣不行，要用首字母稱呼。

你也相信只要念Cthulhu，就會發生災難嗎？

周圍騷動起來。

拜託妳，別再說那個名字，不然我們的談話就到此爲止，骨折臉色蒼白地說道。

我知道了。我不會再說Cth……C的眞正名字。……至少今天不會。你眞的相信只要說出名字就會帶來災難嗎？

當然沒有確實的證據，骨折含糊不清地說道，但是在有這種報告的情況下，我還是寧願不說。

那我問你，你認爲是什麼機制引起了災難。

有幾個假設。一個是那個聲音的排列會影響聽到的人的精神狀況。已經確定特定的聲音會給予大腦特定的刺激，按照順序聽到這些聲音的話，大腦就會進入特殊狀態。另外的說法是，這是給予在我們的身邊，但我們無法察覺的存在的命令用語。還有另外一個有趣的說法。聲音是在空氣中傳播的疏密波，所以一個音節會對應一個波形。發出這個聲音時，空氣中會出現特定的疏密波的波形。那個波形本身會引發物理現象。

眞是太好笑了，假設本來就是要多少有多少啊。

也有這種實際的例子。你聽過ＧＡ……嗎？

我聽過。那是在日本某些特定區域的孩子之間流傳的都市傳說主角吧？我記得有個剛出道的作家把那個寫成了報導文學。

那篇報導文學其實是小說的形式，你知道它被原封不動拍成了電影嗎？由資深的製片找了新生代導演和知名演員拍攝。

那又怎樣？

電影的登場人物說了Ｙ和Ｃ的名字，有觀眾在電影院裡看到了某種東西。

有犧牲者嗎？

不，聽說沒有實際上的損害。大部分的觀眾都認爲那是電影公司特意安排的演出。

我想觀眾的想法是正確的。

電影公司說他們什麼都沒做……

我才不相信。爲了引起話題，劇組一定設計了什麼演出吧。……算了，還是回到原來的話題吧。什麼是學習型自動追蹤攻擊Ｃ系統？

就像那個名字說的，自己學習，同時自動追蹤攻擊Ｃ的系統。

這根本不是答案，賓茲教授他們爲什麼不自己進行攻擊？

他們的說法是，本來就不可能靠著人力和Ｃ對抗。

既然這樣，那爲什麼要訂定攻擊計畫？

ＨＣＡＣＳ是超越人類的存在，所以可以和Ｃ戰鬥。

它明明就是人類創造的啊？

沒有任何證據可以證明被造物就一定比造物者來得低劣，在太古的地球因爲偶然的化學反應產生的生物最後進化成人類，獲得了知性。

賓茲教授是無神論者啊，我對他的想法有點共鳴了。

他使用自然界的生物進化原理和電腦模擬後，組合了最佳化的方法。

遺傳演算法嗎？

包含遺傳演算法在內，實用性更高的手法。根據賓茲教授的計算，運作半年後，它將會達到人類現在擁有的所有武器都無效的水準。

我不懂你的意思。賓茲教授打算製造核武嗎？

我不是在說攻擊手段，我說的是戰略。

我聽不懂。

所謂武器就是一種道具。

爲了殺人。

也可以用來殺C。道具只要好好運用，就可以發揮它的上百倍價值，如果不會用，那就完全沒有意義。不論是多好的木匠工具，不知道使用方法的話，連一間狗屋都蓋不起來。但是能夠充分使用道具的人，只要有一把鋸子、鐵鎚和鐵釘在手，別說狗屋了，說不定連人住的房子都蓋得出來。同樣都是核武，如果只是拚命發射的話，也不見得會勝利。就算只是一把刀子，只要好好運用，也可以結束一場大戰。

所以賓茲教授做了像是戰略模擬的東西？

嚴格來說，並非如此。那東西會實際判斷，並且行動。

人工生命？

對，但不是如妳所想的，只存在於電腦的記憶體裡。它實際存在於這個現實世界。

難道他創造出了眞正的生命？

不是眞的，不過卻是無限接近生命的東西。賓茲教授說那是機電工程和非ＤＮＡ

基因工程的最高藝術結晶。

我知道機電工程，但是非ＤＮＡ基因工程是什麼？是使用了ＲＮＡ嗎？

不，雖然說是基因，但是那連核酸都不是。賓茲教授一派的某個科學家在隕石中發現了和基因有著非常相似活動方式的物質。令人驚訝的是，那個物質的主要元素似乎是鈦。它的活動方式雖然和基因很類似，但是反應速度卻高出基因數萬倍之多。

所以會快速地成長？

根據他們的說法，進化的速度也很快。

是嗎？為了進化，首先要有淘汰壓力……

不需要淘汰壓力。因為ＨＣＡＣＳ會自己設計自己的基因，達到最佳化。也就是說就算是現在，它也時時刻刻都在進化。

等一下。這不就是說，ＨＣＡＣＳ不需要依靠人類，就可以擅自改造自己嗎？

沒錯。賓茲教授說，ＨＣＡＣＳ不停地開發出人類完全想像不到、革命性的設計方法。那些手法也可以運用在武器之外的機器。我們獲得了終極的發明製造機器。

怎麼說呢？聽起來像是好事，但是ＨＣＡＣＳ最終還是武器吧。

是啊。聽說它已經開發出好幾種只要一輛汽車的燃料就能造成核武等級破壞的方法了。

真危險。

非常危險。

這樣一來主戰派的科學家們就靠著ＨＣＡＣＳ開發的武器，擁有了世界上最強大了軍事力量啊。

他們那一派已經有一些人開心地申請ＨＣＡＣＳ發明成果的專利，或是推銷給各國的國防部了。

這種事情是合法的嗎？

法律並沒有考慮到這種事情，更何況這些騷動在幾個星期前就結束了。

ＨＣＡＣＳ失去作用了？

不，ＨＣＡＣＳ還是進行著各種改良，持續地成長——進化中。

那爲什麼？

他們無法理解ＨＣＡＣＳ了。

什麼意思？

人類要理解新的想法，需要一定的時間。但是ＨＣＡＣＳ的機能持續加速，終於開始以超越人類理解所需時間的速度，開發新的機能。科學家們任憑ＨＣＡＣＳ要求，爲它提供莫大的材料和設備。然後幾小時後ＨＣＡＣＳ完成了像山一樣的裝置，然後自己和那個裝置連結了。然而根本沒人能理解那到底有什麼功能，有什麼用途。

怎麼可能？這裡可是有著一大群頂尖的學者專家喔。說不定那東西根本沒有意義，只是破爛罷了。搞不好是賓茲教授在故弄玄虛。

很遺憾，那並不是故弄玄虛。科學家們也慢慢地進行各種分析，雖然和ＨＣＡＣＳ

自身的擴張速度相比，他們的分析速度實在是悠哉得不得了。不過根據目前的分析結果看來，所有的改造都是有意義的。

如果你剛剛說的話都是眞的，那我們就是抱著人類無法理解的武器了。

沒錯，正是如此。我們反戰派就是害怕發生這種狀況。我想不久後，各國也會對ＨＣＡＣＳ出手了，不，或許已經太晚了。

都沒有人告訴我這些事情。

妳問過誰了嗎？啊，抱歉，我開玩笑的。這裡的人是不會洩漏情報給其他團體的。而且你們懷疑派，除了人數很少之外，成員之間的連結也很弱，所以妳才沒辦法獲得最新的情報吧。

我可以看一下ＨＣＡＣＳ嗎？

當然可以。

ＨＣＡＣＳ比我想像的更要巨大。它占領了整個地下實驗場不說，放不下的部分還得改良倉庫的空間用來容納它。它給我的整體印象是由毫無秩序、亂成一堆的金屬、半導體、精密陶瓷、有機材料、血與肉組成的某種展示物。以複雜的線路互相結合的積體電路板被接進了可動機械的骨架中，周圍則纏繞著筋肉、血管、腦部等等的生物組織，有時會像是突然想起什麼似的跳動一下。組織之中隱約可見到處都是炮管、導彈、天線、各種感測器，還有像是牙齒或是鉤爪之類的東西。當然不能保證那些東西眞的就是我看到的樣子，說不定只是看起來很像而已。ＨＣＡＣＳ時常發出令人難以忍受的惡臭。地板上看來黏度很高的液體究竟是HCACS分泌的，還是爲了維持某種環境人爲潑灑的，我也不知道，但是那也散發著另一種濃厚的臭味。

眞難想像它具備了高度的攻擊能力。因爲它的內臟都露在外面，看起來就很弱嘛。我試著摸了一下內臟。軟呼呼的，只要一摸就會噴出黃色的汁液。

據說表面的內臟只有擴張用的功能，稍微受點傷也不會造成什麼傷害。而且妳剛剛只是摸了它而已，它不會認爲那是攻擊行動。

如果我表現出要攻擊它的樣子的話？

幾個感測器對準了我，接著探照燈照在我身上。

怎麼了？這是怎麼回事？

它對妳的話起了反應。它不認爲妳是敵人，但是判斷妳有可能會是敵人，所以稍微注意妳一下。妳如果眞的採取實際的敵對行爲，運氣好一點的話是雙手被砍斷，差一點的話就是立刻死亡。

怎麼可能？

妳不相信也無妨，不過麻煩別在我面前攻擊它。我可不想做噩夢。

我想了一下，放棄了嘗試攻擊HCACS的念頭。

HCACS分散放在數台和大卡車一樣大的台車上，各部分由大量的電纜和血管連結。令人驚訝的是，台車底部都安裝了無限軌道，也就是說HCACS可以自力行走。不僅如此，若是賓茲教授已公開的基本設計書所言爲眞，HCACS被預設爲會在陸、海、空和衛星軌道上進行戰鬥。根據情況變化，還會變形、分離、融合，簡直就是終極的萬能兵器。

我全身發抖。如果Cthulhu不存在，那麼人類就是爲了驅逐幻想的恐懼，而自己創造了眞實的恐懼。或者這正是賓茲教授的如意算盤？現在的他正處在最接近世界帝王的位置。

我運用自己所知道的一切知識，試著解讀ＨＣＡＣＳ的構造。這種規模的系統如果要自行活動的話，一定會在某處有著中央控制部位，就像是人類的大腦。但是，我找不到那種部分。構成ＨＣＡＣＳ的所有部分都各自有著特殊之處，無法只區分特定的某個部分，也可能是預防被攻擊的僞裝。

ＨＣＡＣＳ的異常樣貌對我的打擊太大了，以致好幾天都食不下嚥，而且每天晚上做噩夢。像是半人魚的人類慢悠悠四處徘徊的深海，或是潛伏在沙漠底下，由奇怪的蜥蜴人建立的國家。這當然是來到這裡之後，不斷聽到和Cthulhn相關的迷信言論和親眼看到ＨＣＡＣＳ的打擊，反應在夢裡而已。但是讓我困擾的是，噩夢不光只是出現我睡覺的時候，就連我清醒的時候都出現了。我的工作場所漂著奇怪的半透明異形生物，窺視放在寢室地板上的奇妙結晶體時，其中居然出現了異世界的光景。（結晶體在我沒注意的時候消失了，所以可能結晶體本身就是幻覺。）

體驗到這些怪事的人不光我而已，雖然從以前就有類似的傾向，但是聽說在ＨＣＡＣＳ正式運作後，頻率和規模都大爲增加了。有人說這是C即將復活的證據，也有人說因爲有HCACS的關係，C才會變得具攻擊性。然而，賓茲教授對眾人的騷動只是嗤之以鼻。他主張，不論C即將復活，或是變得具攻擊性，根本都不需要擔心。因爲HCACS已經開始運作，在它的影響之下，C市是全世界最安全的地方。就算C突然在這裡出現，HCACS也會確實地保護C市，徹底消滅C。當然不知道它會用什麼方法，畢竟我們能想出來的任何戰略都無法傷害到C。我們只要相信HCACS，將一切都交給它就好。只有HCACS才能給我們絕對的安心和安寧。

包含我在內的許多懷疑派成員都不相信賓茲教授的話，反戰派也是，只是兩者想法有所不同。我們對HCACS本身感到了威脅，而他們則是害怕HCACS會讓C不高興。

某天，外頭響起了整個C市都聽得到的爆炸聲，大部分的科學家都知道那意味著什麼。我不知道職員們到底知不知道，但是他們看起來都很冷靜。我出去一看，HCACS所在的大樓升起了墨一般的黑煙，終於有人下手了。C市立刻發布了全城警戒令。

當我抵達爆炸現場時，已經有好幾層的人牆了。大樓嚴重傾斜，一樓部分開了個大洞，從那裡流出汙濁的黏液，汙染了大地。突然傳來了慘叫聲，我往聲音的方向看去，賓茲教授楞楞地站在原地。接著雙手抱頭，不停大叫著，爲什麼？爲什麼？爲什麼防衛機制沒有動作？有些科學家冷冷地望著賓茲教授，也有人陷入強烈的恐慌。在這時候，從大洞的黏液中出現了一個人影，那是反戰派的有力人士之一的雷歐魯諾博士。雷歐魯諾，你這個混帳，這是你做的嗎？賓茲教授衝上去詰問他。但是雷歐魯諾博士雙眼空虛，只是不斷地呢喃著。賓茲教授抓住了雷歐魯諾博士那身沾滿黏液的白色實驗衣的胸口，接著驚訝地放開了。前者因爲太過激動，這時才注意到剛剛沒發覺的異常狀況。雷歐魯諾博士的下半身支離破碎，內臟和骨頭全都露了出來，別說他可以站著了，就連他還活著都令人不敢相信。雷歐魯諾博士一開口呢喃，就有大量黏液從他口中湧出，內臟也跟著滑溜溜地流到地面。原來如此，賓茲教授拍了一下手。HCACS把那種狀態的雷歐魯諾博士誤認爲普通的人類了，但是因爲他已經是死者了，所沒辦法殺了他。

眞是精采的推理吶，賓茲教授。從人牆之中出現了反戰派的領導者拉雷松博士。雷歐魯諾博士賭上自己的性命，試著破壞HCACS。

是你用了鹽的祕術嗎？賓茲教授瞪著拉雷松博士。

沒錯。

那麼你承認爲了自己的理想殺了同伴。

我沒有殺害雷歐魯諾博士，他是自殺的。我今天早上去拜訪他時，他已經死了。他手上握著一封遺書，上頭寫著：用我的身體實行鹽的祕術，打碎賓茲教授的野心。

你要我相信這種事嗎？

拉雷松博士搖搖頭，我沒要你相信我，但這是毫無疑問的事實。

哼，你可別以爲這樣就贏得了我。賓茲教授閉上雙眼，雙手打起奇妙的手印，開始吟唱咒文。

歐骨骨拖夫羅多　哎伊哎乎
既——不魯——伊——伊——乎
由骨縮拖封拖夫
嗯蓋伊夫嗯骨 哎伊哎由
如夫落嗚

咒文開始的同時，雷歐魯諾博士的動作瞬間停止，隨著賓茲教授叫喚Yog-Sothoth——Y的名字，他的身體也開始崩壞。正當我在想他從頭頂到腳底到底出現了多少道縱向的龜裂時，從細縫中開始流出體內的組織，半融化的內臟、眼球和混濁的血液一起在他腳邊流開，積成了巨大的水窪。雷歐魯諾博士的身體變成中空的袋子，當場就軟綿綿地崩落了。賓茲教授睜開雙眼，瞪著拉雷松博士。

你就算現在毀滅雷歐魯諾博士，也不能怎麼樣了。拉雷松博士靜靜地說。

不，你犯了一個大錯，雷歐魯諾博士賭命破壞的並不是HCACS的中樞部位。你別想騙我！我們確認過你的設計書，雷歐魯諾博士的確攻擊了它的弱點。你們的計畫應該成功了，如果是三天前的話。但是三天前，中央控制部的轉移已經完成了。

你說謊！你有什麼必要那麼做？

賓茲教授搖搖頭，我當然沒必要那麼做，但是HCACS有，所以它自發地轉移了中央控制部。

這傢伙運氣還眞好。

運氣？不是的，HCACS預測了一切。

愚蠢透頂。區區的機械怎麼可能做出那種預測？

HCACS已經不再是區區的機械了，它已經是超越人智的破壞者。HCACS的防衛機制會以物理手段擊退攻擊者，這你和我都知道。所以你們才會想出讓防衛機制無效的方法，就是鹽的祕術！但是HCACS已經建構出更高等的防衛機制了。它預測到死者會來攻擊，所以事先移轉了中樞部位。

它應該不可能預測到我們會使用鹽的祕術攻擊它，這點你要怎麼說明？

我當然沒辦法說明。因爲我和你一樣都只擁有短暫的壽命和受到限制的智慧罷了。人類不可能理解HCACS的，我很高興，因爲HCACS已經超越人類了。這樣一來，一定能勝過C的。賓茲教授轉身背對拉雷松博士，抱歉，廢話就到這裡爲止吧。我接下來得趕緊修理HCACS才行。當然只要啓動它的種子，它瞬間就能自力修復了。

我們會一直破壞它的！拉雷松博士不停地對著賓茲教授的背影說道。

這是最後一次了。賓茲教授低聲說道，低等的防衛機制也會進化，同樣的方法不可能成功。

那一天HCACS的修理就結束了。不，說不定，它一開始就沒有任何損壞。積存在大樓地下室和一樓的黏液就像培養液一樣，HCACS將根伸展到建築物的下半部，變得更加巨大。從建築物上下的各個裂縫中伸出觸手和機械手臂，默默地進行人類已經無法理解的作業。賓茲教授對HCACS進行了大規模的改造，將構成HCACS的各部分個別加入自己組織的演算法。這樣一來，HCACS的整體和部分已經毫無差別。各部分開始獨立進化，透過互相侵略，獲得成長。不論破壞哪個部分，系統全體都沒有死亡的疑慮。活下來的部分會再度學習，然後再覆蓋全部。根據賓茲教授的說法，這是最後一次對HCACS進行維修了，在這之後，它就會完全超出人類的理解了。

他說的沒錯，HCACS的活動完全無法預測。當它侵略完所在的建築物後，它就透過下水道、其他的地下管線，或是直接貫穿地底，侵入其他建築物的內部。原來就已經有崩壞前兆的建築物立刻開始傾斜，但因爲被HCACS的根部侵入，雖然已經四分五裂，還是免於倒塌的命運。拉雷松博士的部下屢次試圖破壞HCACS，但終究毫無成果。鹽的祕術完全無效了，只要接近HCACS，肉體就會立刻崩壞。根據某個科學家的報告，之前的那道咒文不停地在人類可辨識的頻率外播放著。眞的嗎？我想應該是受某種存在於HCACS周圍的力場所影響吧？反戰派放棄使用鹽的祕術，改用攻擊力大幅提昇的兵器加以破壞。結果還是一樣。試著用火箭炮發射貧化鈾彈的女性，被從地底竄出的無數按摩棒狀的突起物凌辱到下半身支離破碎。也有人試著劫機，企圖進行自殺攻擊，但是在接近建築物之前，客機便被強烈的電磁波捕捉，直接蒸發掉了。HCACS開始接二連三地侵略C市的建築物，變得愈來愈大。HCACS雖然不會攻擊人類，但是受不了被HCACS的組織包圍的科學家們逐漸移居到C市的外圍地帶。但是這塊土地出身的職員們，無論HCACS如何在職場或是住家擴張領域，也毫不在意，繼續著和ＨＣＡＣＳ混在一起的生活。不久之後，科學家們開始一個接一個離開Ｃ市。不過開發了ＨＣＡＣＳ的主戰派中，以賓茲爲首的激進派分子，以及決定觀察狀況到最後，也是我所屬的懷疑派，兩派人馬一直在最接近Ｃ市的地方觀察著ＨＣＡＣＳ。

原本就已經詭異得不得了的Ｃ市外觀，此時更爲驚人。巨大的黏膜覆蓋著以各種形狀崩毀的大樓群，從黏膜伸出許多金屬機械和大大小小的觸手，各隨己意地動作著。沒人知道那些職員怎麼樣了。是被ＨＣＡＣＳ吸收變成構成物的一部分？還是在ＨＣＡＣＳ的組織中一如往常地生活著？總之可以確定的是，他們沒有任何一人離開Ｃ市。

然後我們終於看見了。已經和Ｃ市化爲一體的ＨＣＡＣＳ長出了巨大的翅膀，它的身體變成了龍，頭部變化成頭足綱的生物。賓茲教授見狀，放聲大笑。原來如此，原來是這樣啊。爲了戰勝Ｃ，所以必須把自己變成和Ｃ一樣的東西。那東西會逐漸變成尚未在世上現身的Ｃ的完美複製品。

目前爲止都對Ｃ市科學家們放任不管的各國政府終究也對ＨＣＡＣＳ的變化感到不安了吧，他們開始採取行動。首先是一一召開ＣＡＴ科學家的聽證會，我當然也被叫去了。

ＨＣＡＣＳ現在是在你們的控制之下嗎？

不是。

那麼是在其他的ＣＡＴ科學家團體的控制之下嗎？

不是。

那麼是在某個科學家的控制之下嗎？

不是。

ＨＣＡＣＳ危險嗎？

我不清楚。

ＨＣＡＣＳ會殺害人類嗎？

不會。不過若是企圖破壞它，就另當別論。

ＨＣＡＣＳ會變成人類的威脅嗎？

我不清楚。

ＨＣＡＣＳ擁有消滅Ｃ的力量嗎？

我不清楚。因爲我不知道Ｃ的攻擊能力，所以無從比較。

妳認爲應該破壞ＨＣＡＣＳ嗎？

是的。

雖然不可能是採用我的意見，不過各國開始攻擊ＨＣＡＣＳ。我不知道是在統一指揮下進行的，還是各國各自進行攻擊，不過Ｃ市周圍已經陷入戰爭狀態。日本政府雖然對各國提出了嚴正抗議，但是沒有任何人理會他們。美國一開始似乎還對當成武器的ＨＣＡＣＳ有所依戀，所以派出特殊部隊打算鎮壓ＨＣＡＣＳ。我不知道他們想鎮壓什麼，不過最後的確是沒有任何人生還。他們接著派出戰車部隊，但是從日本國內的美軍基地出發通過一般道路的最新型戰車瞬間就被觸手貫穿，通通爆炸了。在那之後，沒有任何人嘗試從陸地接近HCACS，而是改由海上的航空母艦起飛的戰鬥機，每天進行空襲。然而，所以炸彈都被HCACS吸收，沒有任何反應。所以最後終於投下了燃燒汽油彈，但是火焰不過是輕輕地舔了HCACS的背一下而已。這樣一來，只剩下一個方法。那一天，所有部隊都從C市附近撤退，雖然也有擔心留在C市居民的聲音，但是全部都被抹煞了。這個國家的土地上出現了第三朵香菇雲。雲朵散去之後，HCACS消失了蹤影，出現了一座由原生質構成的大湖，表面放出強烈的磷光。世人看著這個光景，大聲拍手叫好。然而，轉眼之間，發亮的原生質開始進行自我組織。各國慌張地追加核子武器，但是太晚了，HCACS復活了。這次它還帶有輻射，之後發射的核彈全都被它吸收，而HCACS的輻射也更加強大。核燃料在HCACS體內達到臨界點，它利用核能，讓自己變得更大。沒有輻射防護牆的活生生反應爐——就是現在的HCACS。

與此同時，另一個消息傳遍了全世界，南太平洋上突然出現了一座島。根據飛機和人造衛星的觀察報告，島上似乎有巨大的石造建築群。奇怪的是，這些擁有從幾何學難以想像的詭異角度的古代都市的樣貌與和HCACS同化前的C市非常相像。雖然沒有任何人說出口，但是大家都知道那個城市的名字。人們只用R這個字母稱呼那個城市。除了一艘爲了監視HCACS的驅逐艦留下之外，所有艦隊都集結到R周邊的海域。但是不論怎麼等，都等不到Cthuluh從R出現的徵兆。雖然有人提出應該立即上岸，就是得不出該由哪國軍隊率先上岸的結論。這樣過了好多天，全世界都已經無法忍耐這股緊張情緒時，HCACS出現了變化。它站了起來，朝著大海走去，日本遭遇了前所未見的大地震。當它的肢體接觸到海面的瞬間，原處待機的驅逐艦立刻消失在海中。HCACS開始往R出發了。在這之前陷入了絕望的各國首腦紛紛額手稱慶。HCACS本來就是爲了打倒C而製造出來的，在R浮上了海面，C即將復活的此刻，它當然會去完成它本來的任務。如果是HCACS的攻擊力，或許可以輕易戰勝C。

賓茲教授終究沒有看到HCACS抵達R的場面。幾天前，他在家裡的浴室割腕自殺了。根據家人的證詞，當他知道R浮上水面和HCACS移動之後，就抓著頭髮，發出了慘叫。然後，不停喃喃自語著，我到底做了什麼？我到底做了什麼？接著拿著剃刀獨自走向浴室。我的手邊有張筆跡紊亂的紙條，恐怕是賓茲教授的遺書吧。他的家人抵擋不住我那渴求眞相的熱忱，將這份連警察也沒看過的東西交給了我。看完之後，我的雙手顫抖不止。啊啊，早知道就不要看了。電視上正播出HCACS在R上岸的畫面，全世界的人想必正歡欣鼓舞吧。但是，我的喉嚨卻只能發出嘶啞的哽咽。遺書從我的指縫掉到地上，上頭這麼寫著：

你們這些愚蠢透頂的傢伙！難道還不知道嗎？一切都是相反的。我們只是以爲是自己決定爲了對抗C才創造出HCACS，但是它就是C。人類只不過是爲了讓Clthlhu復活的種族而已，那是我們唯一的功用。

8

來自畢宿五的男人

「好慢喔。委託人眞的是今天來嗎？」我打著呵欠，邊對老師這麼說。

老師抬頭看了牆上的時鐘，「已經過了約定時間半小時了，不過他一定會來的。」

我們所在之處是某棟大樓的一個房間。我們都坐在書桌前，但是老師的書桌稍微大一些，上頭放著幾本檔案夾和幾份文件。我的桌子比較小，上頭堆著大大小小的紙堆，沒有發揮任何書桌的功能。不過，喝到一半的咖啡杯在傾倒的紙堆上保持著危險的平衡。

「是男人嗎？」我在椅子上重新翹了一下腳，「年輕的嗎？」

「妳不用在意那種事情。」老師毫不客氣地說，但是從她看了好幾次時鐘的樣子看來，應該還是有些擔心。

「老師已經聽過委託內容了嗎？」我拿著湯匙攪拌著咖啡。

「還沒，接下來才要問。」老師雙手交疊，往上伸去，開始在椅子上做起伸展運動。「不過，內容大概都脫不了那些吧。不說那個了，在委託人來之前，妳先把桌子整理一下……喂，妳在幹麼？」

我用右手的拇指和食指握著咖啡杯湯匙握柄的前端，左手不碰到湯匙地做出好像海浪高低起伏的動作，接著湯匙配合了我的動作，就像是毛毛蟲似地開始彎彎曲曲地動了起來。

「咦？妳說這個嗎？」我單手轉動著湯匙，它就像有生命一般用力伸縮了起來。「稍微練習一下。最近都沒什麼使用力量，有點遲鈍了……」

老師從我手中一把搶過湯匙。

「哇！老師，妳幹麼啦？」我叫了起來。

「什麼妳幹麼啊？」老師站了起來，雙手叉腰，「隨便做這種事情，萬一不小心被委託人看見了，妳要怎麼辦？」

「有什麼關係？反正還不是要用這個力量解決事情，一定會給委託人看到的嘛。」

「或許眞是如此，不過凡事都有先後順序。大部分的委託人來到偵探社後，突然看見這種魔術的話，通常都會轉頭就走，妳知道嗎？」

「可是這才不是魔術啊。」我不滿地說，「這又沒有任何機關。」

「那更糟糕了。」老師豎起食指搖了搖，說教似的說，「委託人希望的是偵探喔，因爲他們認爲偵探是合理的職業。他們期待偵探能以誰都能接受的邏輯推理解決乍看之下非常奇怪、不合情理的事件喔。如果突然使用魔法還是超能力，妳覺得會怎麼樣？」

「怎麼樣？」

「他們會不相信偵探，認爲偵探根本沒辦法推理。」

「爲什麼？就算魔力或是超能力不是推理能力好了，他們可能會想這或許能解決事件啊？」

「偵探被要求的是推理能力。如果他們需要魔力或超能力，根本沒必要找偵探，去找祈禱師還是算命的就好了。」

這樣啊，正當我想這麼回答時，門鈴響了。

「妳在這邊拖拖拉拉的時候，委託人不就來了嘛。」老師揮揮手腕，咖啡杯就浮到空中，跳進裡面廚房的流理臺。當我以為書桌上的文件會一起飄起來時，已經整理得整整齊齊地放在書桌上了。

「門開著，請進。」老師對著通話器說道。

「老師自己不也是嗎？」我小聲地抱怨了一句。

「這是緊急狀況。」老師也小聲地回答我。

門打開了，一個看起來很膽小的男人走了進來，他不安地打量著四周。

「您是約好今天來的客人，是吧？請那邊坐。」我催促著沉默地點點頭的男人在沙發上坐下。

「可以先請教您的姓名和住址嗎？」老師用公事公辦的口氣說。

「我叫福斯霍克。」男人很害怕似的說，「我是從金牛座的畢宿五星系來的。」

老師和我無言地盯著男人看。面對這種開場白的第一反應非常重要，若是一不小心，委託人會掉頭就走，再也不上門。我決定看老師怎麼出招。

但是，老師一直沒說話，只是跟我一樣傻傻地看著男人。

該不會這也不是什麼麻煩情況吧？老師是心裡早有某種打算，才故意不說話的嗎？

我終於忍不下去了，正打算開口時，男人繼續說了：

「是啊，兩位一定很驚訝吧。我也知道妳們一定沒辦法相信我的話。不，也沒必要勉強兩位聽我說話。妳們現在肯定覺得我很可疑，會懷疑『這男人是在開什麼惡劣玩笑嗎？還是頭腦有問題，陷入妄想了？』吧。這是正常的，一般有常識的人都會懷疑的。不過我眞的是外星人，只是我無法證明。」男人低下頭，雙手掩面說道，「我果然還是不該來的。我明明一開始就知道事情會是這樣……浪費兩位的時間了。請忘記我剛剛說的話吧，我告辭了。」男人站了起來。

「可以先告訴我您的委託內容嗎？福斯霍克先生……您是這樣稱呼，沒錯吧？」老師臉上掛著淺笑。

福斯霍克楞在原地，低頭看著我們，「您的意思是……」

「請先告訴我您的委託內容。」老師平靜地重複了一次，「您是為此而來的吧？」

「您相信我的話嗎？」

「我們的工作奠基於和委託者的信賴關係，因此如果委託者說謊，我會很困擾的。您剛剛說的都是眞的吧？」

「是的。」

「那我就相信您了。」

「眞的嗎？我可是說我是外星人喔。」

「這話我剛剛聽您說了。如何？您要委託我們嗎？」

福斯霍克閉上雙眼考慮了一下，然後慢慢睜開眼睛，再次坐了下來。「我知道了，我要拜託您。在我說明委託內容前，我想先說我的身世，可以嗎？」

「那和委託內容有關嗎？」

「當然有關。我就先從我的故鄉說起吧。您當然知道金牛座吧。」

「星座占卜會出現呢。」我回答道，「那是幾月的星座來著？」

「金牛座中最明亮、清楚可見的星星是畢宿五。您知道夜晚的星星幾乎都不是行星，而是像太陽一樣能自行發光發熱的恆星嗎？畢宿五也是那樣的恆星，我們居住的世界是圍繞在它周圍的一個行星。」福斯霍克在這裡停了下來，喘了一口氣後不安地看著我們。

「我們在聽，請繼續。」老師始終維持著親切的態度。

「我們的行星比妳們進步很多。科學文明也持續進步到最終狀態，現在包含海洋在內，行星表面全部都市化了。而且居住空間也擴及地下和周圍的宇宙空間。不，這一點沒什麼好驚訝的，這是理所當然的發展。問題是人口問題。我們的世界人口過剩了。能源、食物和居住空間全都是有限的資源。不論怎麼開發，還是有限度。我們的世界瀕臨了危機。」

「但是如果科學已經發達到那種程度，那麼人口問題不是應該早就解決了？讓大家都不生小孩不就得了？」

「事情沒那麼簡單。孩子的數量若是減少，社會整體會老化，最後就會出問題。爲了在沒有高齡化的狀態下減少人口數，只有消除老人這個方法，但不應該允許這種事情發生啊。」福斯霍克看似哀傷地搖了搖頭，「然而事情已經惡化到危急存亡的程度了。我們被迫要在幾十年後整個畢宿五星系滅亡，還是犧牲一部分人來保全種族的存續的兩條路中做出抉擇。」

「你人在這裡就表示你們可以宇宙旅行吧？那爲什麼不進行宇宙移民呢？」

「我們當然可以進行數百人、數千人單位的宇宙移民，但是要怎麼樣讓上百億的人都搭上太空船？而且如果有那麼多的資源的話，根本也不會有任何問題了。但是，當時間緊迫到最後關頭時，我們政府發現了第三條道路。那就是可怕的備份計畫。」

「備份計畫？」老師和我同時叫了起來。

老師以眼神制止我後，問他，「那究竟是什麼計畫？」

「兩位都會使用電腦嗎？」福斯霍克不安地問我們。

「會。雖然是舊型，但我們用它來管理顧客資料。」

「只要使用電腦，硬碟的資料不就愈來愈多嗎？」

「是啊。那又怎麼了？」

「如果資料裝不下的話，妳們會怎麼做？」

「再多裝一顆硬碟，或者是將平常不使用的資料複製到別的儲存裝置去，然後刪除掉硬碟裡的原始資料。」

「多裝別的硬碟可以比喻成將部分人口送到其他行星去。相對於此，『備份計畫』就是資料複製到儲存裝置去，將原始資料從硬碟中刪除。」

「但是所謂『備份』是，」我插嘴說，「爲了不讓重要的資料因爲故障或是錯誤操作而消失，才備份的吧。既然如此，刪除原始資料也太奇怪了。」

「這就是我們政府聰明的地方。人民當然對複製和刪除一起進行會有抵抗感，所以他們硬是把複製這件事情稱作備份。『這個星球上的所有人都是無可取代的存在。若是因爲事故或疾病死亡的話，生命就永遠消失了。不論怎麼哀嘆是社會的損失，都只是馬後砲罷了。因此如果能夠預先備份每位國民的資料，那麼就算某個人因爲不幸的事故去世，也不用擔心。我們不會再次失去那道生命。』只要這麼一說，就沒有人會反對。

通過法案之後，再看準時機，提出刪除部分人口的法案。雖然有反對派，但是也找不出可以強烈反對刪除已經備份的人的理由。

一開始政府還比較客氣，會錯開備份和刪除的時間。然而等到資源即將用盡，就公開地同時進行備份和刪除了。」

「所謂備份的具體狀況是？」老師冷靜地問道，「人類不可能只以資料的形態存在吧。」

「我不是非常清楚，但我知道基本的狀況。包含人類在內的所有生物的遺傳情報都是由基因中的四種鹽基的排列方法決定的，是嗎？」

「是的。也就是說，所謂的基因其實就是用四種文字寫成的設計圖。人類的遺傳情報不過只是資料罷了。」

「人類不光只是基因決定的吧。如果眞是這樣，那麼同卵雙胞胎不就應該是同一個人了嗎？人類有心的。」

「那麼心又是什麼？我們的科學家主張他們已經找到心的眞面目了。根據他們的說法，心不過是大腦中發生的電子化學之類的變化而已，某個瞬間的想法也只是數百億的腦細胞一個一個的狀態聚集而成罷了。因此，他們也證明了那些可以用電子方式採集下來，以電腦加以重現。」

「我沒辦法接受這種說法。」我喃喃自語道。

「那當然！」福斯霍克情緒高昂地拍了書桌。

「那麼被複製的資料會怎麼樣？根據你剛才說的，複製體本身也會有人格？」

「被複製的資料會在同樣被複製下來的現實世界中，和往常一樣地生活著。但是就算複製體和我擁有相同的記憶，複製體仍舊是複製體。絕對不是說現實生活中的我被刪除——也就是被殺害這件事是沒有問題的。我在收到備份中心的通知書的隔天，就和出埃及團聯絡了。」

「那是什麼？」

「那是反對備份計畫，幫助被備份中心叫去的人逃亡的非法集團。」

「你們的世界並不是團結一致的嗎？」老師顯得有些驚訝。

「當然。」福斯霍克說，「有許多反對政府強硬手段的有心人。但是政府只要一發現有反對活動，就會立刻一一複製中心人物——然後同時刪除——因此反對團體就潛入了地下，大家也自然而然地將那個組織稱爲出埃及團。」

「所謂祕密組織，也就是不爲人所知嘍。」

「是的。」

「那麼你是如何和他們取得聯絡的？」老師的語氣有點強硬了起來。

「老師，妳也不需要用那種口氣吧？」我擔心福斯霍克會不會不高興。

「沒關係，您當然會懷疑我。您能夠這麼認眞地聽我說，已經是奇蹟了。」福斯霍克繼續用同樣的口吻說，「我非常幸運。其實在我收到備份中心的通知的幾個月前，我知道了一個朋友原來是出埃及團的一員。當時我一邊喝酒一邊抱怨政府，那個朋友默默地給了我一張紙條。接著在我耳邊說，『不要再說了。等到萬一的時候就跟這裡聯絡吧。』」

「這有點太過巧合了。」

「是的，我當時也這麼想。但是我在出埃及團的基地聽完他們的說明後，就接受了。因爲對政府有所不滿的人本來就容易成爲備份的對象。出埃及團會從那些人之中選出嘴巴比較牢靠的，告訴對方聯絡方式。」

「原來如此。那個出埃及團實際上都進行什麼活動呢？」

「就像我剛才所說，到大限爲止還有幾十年的餘裕，所以他們會先保護逃亡者，之後再慢慢籌畫逃出去的方法。」

「但是沒有逃亡方法，被發現的話就會被實施備份吧？」

「當然不可能全部逃出去，但是少數不希望被備份的人或許就能活下來。問題在於政府根本不願意檢討備份計畫。」

「在那之後又發生了什麼事情？」

「一起躲藏的同伴一個一個地逃出去，其他人並不知道逃亡者的目的地。這是爲了萬一有人被逮捕時，不會有其他成員受害的防範措施。」福斯霍克講到這裡，深呼吸一口氣，「然後終於輪到我了。畢宿五星系在幾個星系設置了人工觀測基地，定期會有無人貨運船運送物資到那些基地去。他們爲我準備的計畫是混進去那些貨物中，接著再逃到其他星系去。我在他們準備的冷凍睡眠裝置中沉睡著，等到即將抵達前，會自動解凍、覺醒，再以小型宇宙船從貨運船中逃出去。」

「那個星系該不會是……」

福斯霍克點了點頭，「因爲有能讓我生存的星球，所以選了這裡。」

「所以這附近有畢宿五的基地？」

「沒錯，因此問題來了，基地上的人已經察覺有人從無人貨運船逃出去了。把這件事情和出埃及團連結在一起，並不困難。他們不可能放過違反母星法律的人，恐怕已經發出對我的逮捕令了。最慘的狀況就是，我或許會被殺。」

「怎麼可能？這太過頭了吧。」

「一點都不過頭。爲了避免備份計畫的崩壞，他們不可能放過任何例外。我一在這個星球著陸，就立刻聯絡妳們所有的政府機關和大眾媒體，但是沒有任何人理會我。我原本希望這個星球的政府可以保護我，但是全部都落空了，我不知道該怎麼辦了。在我走投無路的時候，我看到了妳們的廣告。」

「你是看到了『私人警備。不論何種敵人，我們都能百分之百保護您的身家安全。』對吧？那句話是我想的喔。」我很得意地說。

「我知道『不論何種敵人』只是修辭而已，我是抱著死馬當活馬醫的心態來的。」

「你眞失禮，我們的廣告都是眞的。」

「妳們根本就不知道，我們星球的殺人機器有多恐怖。」

「你才是不知道我們有多厲害。」我不高興地回嘴。

「好了，你們兩個都別說了。比起理論，證據更重要。來得好不如來得巧，有客人上門嘍。」老師朝窗戶努了努下巴。

窗戶上貼著像昆蟲似的巨大金屬怪物。

「怎麼回事？是跟在我後面來的嗎？」福斯霍克臉色蒼白，「而且還是第六型殺戮機器，我們根本逃不了。」

「若是這樣，那就不用擔心了。」老師微笑說道，「我們根本不打算逃。」

「這傢伙不是那麼簡單的。」福斯霍克顫抖著，「妳們最強的武器是核彈，但是這傢伙比那個還要恐怖太多了。」

「會爆炸嗎？」

「不會爆炸，只會殺戮。」

「雖然很誇張，不過不像核武那麼嚴重吧？」

「這傢伙會按照程式的設定，一百萬人也好、一億人也好，通通照殺不誤。甚至有可能整個星球都殺光。」

「在那之前，毀了它就好了。」

「沒辦法破壞它的。因爲它穿著0號元素的盔甲。」

「什麼的盔甲？」

我這麼問的瞬間，窗戶那邊的牆壁不見了。似乎不是爆炸，就是突然不見了。

「牆壁氣化了。看來它被設定成盡可能安靜地收拾我。」福斯霍克摘下手表的龍頭，「我眞的對妳們很抱歉，但是顯然沒辦法向這個星球的人求助了，不過妳們還有逃走的機會。它的目的是殺了我，妳們就算逃走應該也不會被追。」

「聽起來很囉嗦，但我還是要再說一次，我們並沒有打算逃走。」

「我只能幫妳們擋個十秒，請妳們趕快逃走。」

福斯霍克的手表發出放射狀的紅色閃光，光線以蜘蛛網狀的形式展開，遮住了我們三人。

殺戮機器的頭部裂開，飛出金屬細刺。細刺一碰到光的蜘蛛網就發出高熱，跳動了幾秒後，蜘蛛網就跟著爆炸聲一起消失了。

「連十秒都撐不到，不是嗎？」我諷刺地說。

「妳們爲什麼不逃？已經太晚了！」福斯霍克抱頭大喊。

這時候，入口的牆壁也消失了，那裡站著一隻巨大的金屬爬蟲類。

「看起來已經無路可逃了。」老師悠哉地說。

「第七型也來了嗎？已經不行了。」福斯霍克當場就坐了下來。

昆蟲型態的第六型首先發動攻擊。它用最後兩隻腳站起來後，剩下的腳全部朝向老師，然後從前面開始不停地發射刺針，老師瞬間就被數萬根刺針埋住了。

另一方面，第七型似乎決定以我爲目標。它的口中飛出合金製的舌頭，刺中了我的腹部。接著在我的肚子裡潑灑酸液，亂抓一通後，再通過喉嚨，從左眼飛了出去。

可憐的福斯霍克似乎嚇壞了，整個人動彈不得。只是睜大著雙眼，喃喃念著我聽不懂的話。

「慕修慕啦慕啦。」老師唱起了咒文。

簡直像是錄影帶倒帶似的，所有刺針都沿著之前發射的軌跡後退，回到第六型的體內。不論是多麼堅固的盔甲，刺針的發射口是毫無防備的。我以爲第六型要停止動作時，它開始發出詭異的吱嘎聲，接著整隻粉碎了。

「雖然眞的聽起來很囉嗦，」老師很無聊似地說，「但是核武還是比較麻煩。以前碰到核武的時候，爲了讓爆風和輻射失效，可是累死我了。」

我抓住從左眼飛出的舌頭尖端，用力地扯了第七型一下，它在地板上滑了一跤，翻倒過去。

「老師，這傢伙要怎麼辦？」

「妳吸收它吧。妳最近似乎鐵分不足，不是正好？」

我微微一笑，然後叫了一聲，「沙拉拉！」

第七型立刻扭曲變形，接著發出嘰嘰的噪音被折了起來，吸入我的肚子裡。

「嗯。老師，這傢伙不是鐵做的，是無法分析的合金啊。」我邊將左眼整回原來的形狀，一邊這麼說。

「年輕人不要挑食喔。」老師毫不留情地說。

福斯霍克眼睛轉個不停，擠出了像是慘叫的聲音，「妳們到底是什麼人？」

「我們是參宿四星系人。」老師很得意似地雙手叉腰。

「參宿四，不是星星的名字嗎？」福斯霍克好像很驚訝。

「是啊。你可別說你不相信有外星人喔。」

「沒想到居然也會有我們之外的外星人來到這裡……爲什麼不告訴我？」

「你又沒問。」

「那麼我重新問一次，妳們來到這個世界的目的是？」

「我們背負著阻止跨星系的不人道行爲的任務。」老師像是誇耀著什麼，「如果只是單一星系，那麼不論發生什麼事情，我們都不會干涉。但是如果這些惡行危及其他星系，我們就不能坐視不管了。你們的政府跨越了那條界線。」

「順便一提，畢宿五星系的基地機能已經被停止了。所有觀測員都已經搭上太空船，正在遣返途中。」我加上了這麼一句。

福斯霍克搖了搖頭，沉到椅子裡，「我得先跟妳們道謝。非常感謝妳們。我再請教一個問題，畢宿五星宿接下來會怎麼樣？果然還是會走上緩慢滅亡的道路嗎？」

「你不需擔心。」老師乾脆地說，「我們的文明過去也曾面對人口爆炸的問題，只要掌握時間工學的技術就能輕易解決。」

「時間工學？那是什麼？」

「簡單來說，就是時光機的技術。」

「為什麼有時光機就可以解決人口問題？將人類送到過去人口稀少的時代，也只會讓現代的人口增加得更多吧。就算是送去未來，也不過是把問題往後延而已，根本不是徹底的解決之道啊。」

「星期天的隔天是星期幾？」我問福斯霍克。

「咦？當然是星期一啊。」

「如果用時光機，就可以將星期天的隔天設定成仍舊是星期天，也就是跳過六天的時間。如此反覆的話，就會每天都是星期天。同樣的，也可設定成每天都是星期一、每天都是星期二。」

「我不懂您的意思。」

「也就是說，將全星球的人口分成七等分，讓他們各自住在不同的日子。這樣看起來，人口就只有七分之一了。當然也可以隨你們的意，分成十分之一或是百分之一。」

「我還是聽不懂，不過總之就是可以不用再擔心畢宿五星系了，是嗎？」

「是的。」老師露出微笑，「你要留在這裡還是回去畢宿五星系都是你的自由。」

「我要留在這裡，因為我想畢宿五星系也不會立刻有所改變。」福斯霍克看起來高興得好像立刻就要開始跳舞似地說，「那我可以回去了嗎？如果不稍微讓腦袋和身體休息一下，我沒辦法理解這個狀況。」

「那當然，請好好休息之後再思考就好。你有大把的時間可以思考，危機已經過去了。」

福斯霍克歡呼了一聲，對我們行了一禮後，就跑了出去。

「他好像完全相信我們的話了。」我對老師說。

「福斯霍克的性格還挺單純的。他完全沒發現自己是複製體呢。控制台可視化。」老師眼前的空間出現了鍵盤和銀幕。她以熟練的手勢開始操作，「開始初始化。」被毀壞的窗戶和牆壁恢復原樣，殺戮機器的殘骸也開始消失。

「如果福斯霍克知道出埃及團是政府組織，他認爲是冷凍睡眠裝置的東西其實是備份裝置的話，一定會很驚訝吧。」

「如果那樣就糟糕了。」老師說，「像福斯霍克那樣會懷疑備份計畫的人，他的複製體不可能忍受自己就是複製體，他們的自我會崩壞的。所以我們才會在這個電腦中的複製世界，做這種讓他們相信這裡是遙遠星球的工作，不是嗎？」

「但是這樣欺騙他們，不會良心不安嗎？」

「這是爲了他們好啊。複製體會過得很幸福，我們是在做好事啊。」

「是好事嗎？」

「不這樣想是不行的。」老師拍拍我的肩膀，「與其想這個，不如趕快把下一個委託人的程式準備好。這次似乎是年輕女性，我們變成男性比較好。然後和殺戮機器的戰鬥也不要那麼血腥。」

我搖了搖頭，甩開疑念，爲了新的委託人開始準備新的程式。

9

美麗的孩子

女孩的家在森林裡。那是座非常廣大的森林，一到夜晚就會有恐怖的野獸四處出沒。但是女孩沒有遇過任何可怕的事，因爲她非常聽媽媽的話。

「絕對不可以一個人出去外面喔。」

對，只要在家裡，就沒有什麼好害怕的。

而在家裡，那張軟綿綿的床是最特別的地方。女孩總是和媽媽、她最喜歡的洋娃娃以及玩偶一起睡覺。

睡覺前，她總是握著媽媽的手，但是醒來一看卻發現不知何時手已經鬆開了。

「媽媽，妳爲什麼放開我的手！我明明就一直握著的。」女孩鼓起雙頰，不滿地說道。

媽媽什麼也沒說，只是撫摸著女孩的頭髮。

女孩微微一笑，接著左手抱著美加娃娃，右手抱著小熊玩偶，朝著餐桌跑去。

爸爸已經坐在餐桌前了。

「爸爸，早安！」女孩充滿活力地跳到爸爸腿上。

感情很好的一家人的一天開始了。

「說要養狗的人不是妳嗎？」男人不滿地說，「現在才說不要，是什麼意思？」

「因爲就是不要了嘛。」女人冷淡地說，「你拿去還給店裡。」

「生物是不能退的。」

「那就丟掉嘛。」

「那會違反條例。一旦開始養，不照顧到最後是不行的，這就是飼主的工作啊。」

「白痴啊。」女人口氣粗魯地說，「明明是我出錢買的，爲什麼要隨便把這種責任推到我身上！」

「出錢的人可是我喔……好吧，妳到底有什麼理由不養？」

「因爲很臭啊！」

「什麼？」

「因爲牠很臭啊！好噁心！」

男人把鼻子湊近茶色小狗的背上，仔細地聞了一陣，「會嗎？我不覺得牠很臭啊。」

「牠太過分了。我沒辦法忍耐。」女人皺起眉頭，「牠居然在屋子裡大便耶，眞是難以置信。」

「沒辦法，因爲牠是狗啊……」男人臉上浮起了懷疑的神色，「妳說妳養過狗吧？」

「對啊，我小時候養過。我家在森林裡，四周有很多動物。啊啊，眞懷念，我就是從那時候開始喜歡動物的。」

「是嗎？」男人歪了一下頭，隨即說道，「總之，大便的話，忍耐一下不就好了。」

「你說什麼？！誰要掃牠的大便啊！」

「不是有自動掃除機嗎？」

「那個不行。程式不能辨識狗大便，會停下來。」

自動掃除機不是碰到什麼東西通通都會吸起來丟掉。如果那樣，不小心忘在一旁的重要文件或是掉到地上的首飾都會被清理掉。自動掃除機只會將預先設定的東西當成垃圾，不過也不是買的人就一定要設定程式。這一類的產品，通常一開始就會設定通用程式，也就是說掃除機會吸起像棉絮塵埃、揉成一團的面紙這種一看就知道是垃圾的東西，其他的則會無視。除非有特別理由，不希望那些東西被當成垃圾，或是希望它也能清理掉其他東西時，就必須重新設定程式。

「調整程式的話，它就會吸了。」男人很忍耐地說。

「我不知道設定程式的方法啦。就算知道，我爲什麼又要做那種麻煩事？」

「我知道了。我來設定吧，可以給我說明書嗎？」

「那種東西早就丟掉了。」

「妳沒有留說明書嗎？」

「那當然！誰會留那種東西啊！」女人煩躁地說。

「好吧。總之，我會設法處理大便。」男人被女人的脾氣壓倒，「所以妳再考慮一下要丟掉的事情……」

「不行。牠不光是臭，還會亂咬。」

「咦，亂咬？妳受傷了嗎？」

「如果是咬我，事情才不會這麼簡單！是這個啦！」女人把邊緣被咬得破破爛爛的桌布和鞋底不見的拖鞋拿給男人看，「牠爲什麼要故意做這種事！」

「這只是在玩而已。該不會是累積了太多壓力？牠散步時是什麼狀況？」

「散步？那是什麼？」

「散步啊。就是帶著牠到附近走動啊。」

「你白痴啊？我哪有那種時間？」

「但是狗不散步的話，會累積壓力，可能還會生病。妳只要早上少看一點電視，就有時間可以帶牠散步了。」

「你說什麼？」女人眼角高高吊起，「你要我爲了牠的健康，放棄看電視嗎？我到底爲什麼會碰到這種事！」

「養狗就是這樣啊。」

「才不是！」女人嘴角冒泡，「我小時候養的狗更乖更有氣質。不會大便，也不會隨便亂咬東西，不帶去散步也不會抱怨。肚子餓的時候，就會自己充電，也會幫我打掃房間……」

「等一下。」男人打斷女人的話，「那不是狗喔。」

「是狗啊。就是這種感覺，只是更漂亮，而且一直有花香味。」

「狗不會自己充電，也不會幫人打掃房間……眞的狗的話。」男人點了點頭，「我終於搞清楚了。」

「什麼意思？我養的狗不是眞的狗？」

「對，那是玩具狗。」

「哎呀，是這樣嗎？」

「妳說想要狗，所以我買了眞的狗。」

「還不是一樣。」

「眞正的狗必須吃狗食，必須帶去散步。而且牠也會大便，會惡作劇。但是玩具狗會自己照顧自己，不會排泄也不會惡作劇。此外，牠也會幫飼主做很多事情。」

「是嗎？這樣的話，我比較喜歡玩具狗。」

男人搖搖頭，「玩具狗沒辦法成爲眞的朋友。」

「你說什麼？」女人臉色泛紅，「你是什麼意思！」

「玩具沒有心，妳不可能跟沒有心的東西心靈相通的。」

女人放聲大笑，「你在說什麼蠢話？佩絲可是我的好朋友。」

「不是的，那只是妳這麼以爲而已。」

「那是因爲你沒看過佩絲才這麼說。」

「玩具狗是爲了房子或是過敏問題不能養狗的孩子創造出來的替代寵物玩具，所以能夠像眞的狗那樣行動，而且還能做到眞正的狗做不出的動作；但是那全部都是設定好的。」

「你說什麼！我才不會被那種歪理給騙了。你又知道佩絲什麼了？佩絲牠……佩絲牠總是跟我在一起。當我被媽媽罵了，趕出去時，牠會一直跟著我、安慰我。不論是海邊還是山上，都會跟來和我一起玩。迷路的時候，我只要有佩絲就安心了。溺水的時候，也是因爲佩絲，我才能活到現在。當我第一次談戀愛、然後失戀的時候，也都是跟佩絲說的。佩絲是我獨一無二的好朋友！」

「眞的狗的確無法做到那種地步，但是牠們擁有眞正的愛情。」男人抱起小狗，舉到她的鼻尖，「來，妳仔細看看。」

「不要！好臭！」

「因爲牠是活生生的啊。」

「那就算不是活的也可以啊！」女人揮開小狗。

小狗離開男人的手，摔到地板上，發出了微弱的哀鳴。

女人看著在地板流開的血液，眼中出現了露骨的厭惡。

玩具狗是本世紀初快速進步的高度ＡＩ技術的恩賜。除了視覺、聽覺和嗅覺以外，身上還裝置了各種感應器，可以精密地監視對象的表情、舉動、脈搏、體溫、腦波等等的生理反應，配合狀況做出最適當的反應。有了玩具狗的孩子會陷入它是唯一能夠理解自己存在的錯覺。發售之後，這個系列立刻大受歡迎。想要養狗，卻沒辦法養的人幾乎人手一隻。它們一邊監視飼主的心理反應，一邊做出最能博得飼主愛情的模樣和行動，不論飼主有著何種興趣、嗜好，它們都能給所有人良好印象。

不久，開始出現了奇特的社會現象。一開始只是喜歡玩具狗的人在買，漸漸地，連不喜歡狗的人也開始買了。

人們討厭狗的原因各式各樣。有人害怕被咬，有人討厭味道，有人嫌照顧太麻煩。還會破壞各種東西，會傳播病菌不清潔，死掉的話很可憐。

玩具狗克服了所有眞狗的缺點。它們絕對不會危害人類，也不需清潔和排泄，會自己充電，也不會吵著散步，就算壞掉也可以反覆修理到飼主膩了爲止。

因爲玩具狗的大獲成功，各家廠商一起開發玩具寵物。貓、鼬鼠、小鳥、金魚、熱帶魚、蛇、蜥蜴、甲蟲、鈴蟲、河童、人魚、土龍——不管是實際存在還是幻想生物，所有動物的玩具寵物都買得到。

擁有玩具寵物的家庭普及率持續上升，終於達到將近百分之百的程度。同時，眞正的寵物開始消失。對大部分人而言，玩具寵物比眞正的寵物更有魅力。玩具很安全、乾淨、不麻煩，而且持續給予人類充足的愛情，可以實際感受到它們有著充沛的感情。和它們相比，眞正的動物很危險、不乾淨、又麻煩，反反覆覆，就連牠們有沒有感情都不知道。

寵物面臨了滅絕的危機。年輕一代不知道眞正的寵物，老一輩也不再提起眞正的寵物，漸漸地眞正的寵物被遺忘了。如今，若是單純提到「貓」或「狗」，指的是「玩具貓」或是「玩具狗」。知道以前曾經存在過動物寵物的人只剩下一些收藏家。這些人認爲只有在生命之中，才找得到眞實，所以拚命地想要保存賞玩動物的種。他們也努力主張活生生動物的美好之處，試著讓大眾理解這一點，但是毫無效果。和不論何時都黏著主人，用可愛的聲音撒嬌的玩具相比，會怕生、會興奮，無法按照人類期待行動的活生生寵物完全沒有勝算。

「你該不會還在那個一堆怪人的團體裡吧？」女人皺起眉頭。

「他們不是怪人，賞玩動物保存協會的會員都是眞的喜歡動物的人。」男人放軟了口氣加以反駁。

「『眞的喜歡動物』？你卻一點都不喜歡佩絲。」女人把手上的佩絲舉到臉旁。佩絲可愛地歪了歪頭，舔著女人的臉頰。

「就算喜歡也沒有用，它們沒有任何感情。」

女人的手指輕輕地搔著佩絲的喉嚨，佩絲瞇起了眼睛，喉嚨發出了咕嚕咕嚕的聲音。

「佩絲如果沒有感情，爲什麼會這麼高興？你說明一下啊。」

「它不是高興。那是爲了讓妳滿意，所以計算了看起來很高興的行動，加以實行罷了。只是一種小把戲而已。」

「你眞的很頑固耶！」女人的口氣變得暴躁，「只要看這孩子的模樣，任誰都知道牠是有心的！」

佩絲輕咬著女人的手指，從鼻子發出了聽起來很哀傷的聲音。女人瞇起了雙眼。

男人突然抓起佩絲的頭，從女人懷抱中將它提了起來。

「你幹麼！」

吊在半空中的佩絲看似痛苦地掙扎著。

「住手啦。佩絲很難受耶。」

「它才不難受，那只是被設定好的反應而已。」男人動手就要把佩絲往地上砸。

「住手！」女人尖叫著，抓住男人手腕，「拜託你不要！」

男人的手放鬆了力量，佩絲輕輕地落下後，衝向女人，將臉埋在她的胸口，發出嗚咽似的叫聲。

「你居然做這麼殘酷的事情！你才是冷血的人！」

「我不是，因為它是……」

「你居然不能從佩絲身上感受到愛情，你是不是哪裡有問題？」

「妳在說什麼？我正常得很。」

真的嗎？他心中有個聲音這麼說，玩具狗被設計成可以誘發出人類內心最大的愛情，你卻對它沒有反應，這不是很奇怪嗎？

不，不是。男人否定了這個聲音。我有理性，因為我知道這東西不是真正的動物，是被設定好的機器，所以我才當它是東西。

「到底要怎麼說，妳才聽……」男人的聲音停了下來。

女人抱緊佩絲，哭了起來。

「抱歉。」男人說，「我不是故意讓妳難過的。」

「沒關係。」女人擦了眼淚，「你會那樣，不是你的錯。」

「妳為什麼只會這樣說……算了，我知道了。我是怪人，佩絲是有感情的。這樣總行了吧。」

女人伸手摸著男人臉頰，「你真的好可憐。」

一股令男人全身發抖的怒氣襲擊了他，但他好不容易咬牙忍了下來。

「對了，我好想要小孩。」

「妳說什麼？」男人的怒氣瞬間被驚訝吹得無影無蹤。

「由美的小孩馬上就要出生了。」

「由美？」

「我的表妹呀，你也見過的。」

這麼說來，的確是有這個親戚。

「妳不高興被她追過去？」

「才不是。」女人雙眼圓睜，「我是看到由美開心得不得了的表情，就變得很想要可愛的嬰兒啊。」

「生產很危險的。可能會讓妳生病，而且會很長一段時間都沒辦法自由行動，對工作也會有影響。」

「誰說我要用自己的子宮？這年頭，沒人那樣做了。」

「咦？難道妳打算……」

「對，我要用豬的子宮。」

「妳讓豬生自己的小孩也無所謂嗎？」

「沒什麼無所謂。那本來就很普通啊，我也是這樣出生的。」

「我不是，我是我媽生的。」

「自己生孩子，眞是太野蠻了。」

「我們父母那一代，大家都是這樣出生的。」

「如果以前眞的那麼好，你就直接穿著從動物剝下來的毛皮，鑽木取火不就好了？」

男人咬著下唇一直看著女人，終於閉上了雙眼，深呼吸了一口氣，「我知道了，都聽妳的。如果妳想要的話，我可以提供精子。當然妳也可以去精子銀行，買妳想要的精子。」

「親愛的，謝謝你。」女人纏著男人的手腕，親吻了他的鼻頭，「一定可以生個可愛的女生。」

「是啊，如果像妳就好了。」男人看來不太起勁。

到了臨盆在即的時候，男人的態度完全改變。他每天都去醫院，仔細觀察豬的狀況。因爲給予大量抗生素，所以豬的肚子完全是無菌狀態。他戴著塑膠手套一摸，感覺有什麼東西在動。那是即將誕生，新的生命之火的跳動。

男人快樂地反芻著殘留在手上的觸感，回到家裡。

在房裡等他的女人說，「我要跟你商量我們孩子的事情。」

「好啊，我什麼都跟妳商量。那孩子今天對我的話有反應了。」男人愛戀地看著自己的手掌，「她跟我打了招呼。」

「我想停下來了。」

「好啊，停下來就停下來。」這麼一說後，男人一瞬間歪了歪頭，「妳要停下什麼？」

「懷孕。」

「可是已經足月了，法律禁止墮胎的。」

「法律已經修改了。如果使用豬的子宮，就算胎兒成長到足月，也可以墮掉，母親不需負擔任何責任。」

「但是那孩子已經有生命了。」

「所以那又怎麼樣？」女人不服氣地說，「我說我不要孩子了。你要說這理由不充分嗎？還是你要說比起女人以自己的意志控制生產的權利，胎兒的生命更重要？」

「生命比任何……」男人閉口不語。被認爲有危險思想的話就糟糕了。

「是啊，女人控制自己生產的權利更重要，胎兒的生命不算什麼。」

「那當然，憲法也這麼寫嘛。憲法是絕對正確的！」

「但是……」男人扶著額頭，「我不懂妳爲什麼突然要放棄生產？妳明明就那麼期待的。」

「因爲很累嘛。」女人鼻孔膨脹地說，「我去看了由美。她好慘啊。頭髮亂七八糟，還有黑眼圈。你知道爲什麼嗎？」

「育兒很辛苦，父母當然會很累。」

「嬰兒不會自己泡牛奶喔。」女人高聲說，「我不敢相信他居然不能吃固體食物。只要一哭，父母就得泡牛奶給他。他以爲他是誰啊？」

「嬰兒都是這樣的。」

「我覺得那樣實在太過分了。隨自己高興清醒、睡覺，完全無視我們的狀況喔。」

「那也沒辦法，因爲嬰兒還無法理解大人的話嘛。」

「所以我不能接受我得像個奴隸一樣地伺候他，我不能忍受有人侵犯我的人權。」

「嬰兒沒有惡意……」

「難道說沒有惡意，就做什麼都會被原諒？最噁心的就是排泄了。自己也不能去廁所，會大在尿布裡喔，然後父母還要親手……」女人臉孔皺了起來，「光想起來就讓我毛骨悚然。不光如此，還會突然把剛才喝進去的東西吐出來。我絕對不相信他們沒有惡意。我一定要墮掉。由美也說，她決定進行生產後墮胎了。」

「妳如果無論如何都要墮掉，我也不反對……妳剛剛說什麼？生產後墮胎？」

「對，由美打算這麼做。」

「那是什麼意思？聽起來好像是生了之後殺掉孩子，當然不是字面上的說法吧？」

女人搖搖頭，「就是字面上的意思喔。」

「那不是殺人嗎？」

「不，到七歲爲止都沒有問題。仔細想想，這也是理所當然。決定要不要養孩子這麼重要的事情，只有十個月的懷孕期間實在太短了。手續很簡單喔，只要帶去保健所，說『我不要這孩子。』就可以了。」

男人雙手掩面，「拜託，千萬不要這樣。」

「你放心，我會在生產前墮掉的。」

「親愛的，我想要一個女孩子。」

「妳在說什麼？妳不是自己決定墮掉孩子嗎？我幾乎可以預見同樣的事情又會再來一次了。」

女人呵呵地笑了起來，「當然不是又要用豬的子宮生孩子啊。和那個過時的興趣不一樣，我想要的是這些孩子啊。」女人將電子目錄遞到男人眼前。

那上頭有著男男女女，各種年齡的孩子，每一個都非常美麗。

「我覺得這個由莉加不錯。」女人靠到男人身邊，很快樂似地說。

「妳知道妳在說什麼嗎？」男人全身發抖，「這些都是玩具，是扮家家酒用的孩子。可能也會有想要孩子卻沒辦法有孩子的人買，但是像妳這樣不想要孩子的人買，實在太奇怪了。」

「現在哪還有想要孩子卻沒辦法有孩子的人啊？」女人冷笑一聲，「只要有體細胞就能自由做出精子和卵子，子宮用豬的就好了，早就沒人用不孕這個字眼了。這些孩子超受像我這種喜歡孩子的人歡迎喔。」

「喜歡孩子……妳嗎？」

「對啊，你知道吧。」

「妳殺了我們的孩子。」

「別說得那麼難聽。法律已經說了，墮掉七歲以下的孩子不是殺人罪，所以我沒錯喔。」

男人仔細地翻閱目錄，「這是製造佩絲的那家公司的產品。」

「對，所以可以相信他們的品質。」

「妳想要孩子的話，就再用一次豬的子宮……」

「我對動物沒辦法，又臭又髒。」

「孩子和寵物不一樣，就算有點髒也沒辦法。」

「沒辦法？我可不想要因爲這種話，就被逼著做無謂的勞動。我想要養可愛的女孩子，但是不想收拾大便，這樣有什麼錯？」

「妳這是任性。」

「以前的人都被什麼『奢侈是敵人』、『無欲則剛』這種話給騙了。我可不一樣，我要好好地守護自己的權利。不論你說什麼，我都要買由莉加。」

「隨便妳吧。」男人抱著頭，當場蹲了下來。

「爸爸，早安！」由莉加充滿活力地說。

「啊，早安。」男人被自己的聲音嚇了一跳。我在做什麼？都幾歲的大人了，還跟玩具說話？

「爸爸，怎麼了？爲什麼要用奇怪的表情看由莉加？」

她去哪裡了？我沒辦法當玩具的說話對象。

「爸爸在找什麼？」

男人無視由莉加，叫著女人的名字。

「媽媽出去了。佩絲生病了，她帶佩絲去醫院。」

搞什麼？居然把照顧玩具的責任推給我，自己出門了！眞受不了。

「妳的開關在哪？」男人問由莉加。由莉加和一般的孩子完全無法區分。從皮膚的彈性、溫度、濕氣，到呼吸、心跳、眨眼都徹徹底底地擬眞，輔助功能應該也很完整。

「爸爸，開關是什麼？」

「讓妳停止動作的開關。」

由莉加搖搖頭，「我不知道那是什麼。」

由莉加是瑕疵品，居然不能簡單地關掉。

男人從衣服上面摸索著由莉加的身體。

他驚訝於柔軟的觸感，把手縮了回來。

由莉加看著男人，露出了微笑。

男人交互地看著由莉加和自己的手。

我無法想像這是人工製品，她該不會是眞的小孩吧？這該不會是她的整人遊戲？那個時候說墮掉孩子是騙我的，在這裡的眞的是我的……

男人甩了甩頭。

不可能，她沒必要開這麼惡質的玩笑。

「爸爸，怎麼了？」由莉加緊緊抱著小熊玩偶，很可愛地問他。

「不要叫我爸爸！」男人大吼，「爲什麼妳這個人偶要抱著人偶？」

「爲什麼不可以叫爸爸？人偶是說小熊嗎？」

「因爲我不是妳的父親，還有人偶是在說妳！」

由莉加楞楞地看了男人一陣子，不久開始啜泣起來。「爸爸爲什麼要這麼說？爸爸討厭我嗎？」

「安靜！給我閉嘴！」

哭聲消失了。由莉加無言地一直掉淚，看起來相當可憐，讓男人靜不下心。

這是怎樣？簡直就像我對孩子毫無道理地亂發脾氣。我不能被騙，這個玩具監視我的心理狀態，企圖操縱我的感情。

「不要再裝哭了！」

「人……人家才……才沒有……裝哭。」由莉加抽抽答答地回答。

「妳不可能眞的會哭！」

既然這樣，我就把妳臉上的零件拆下來。

男人張開五爪抓住由莉加的臉。

指尖碰到了溫熱的液體。

從指尖開始溫度傳到了全身。

由莉加雙眼掛著眼淚，抬頭看著男人。

不行，這是玩具的戰略，我不能被騙。

爲什麼？男人體內的某種存在這樣問。

因爲……

你沒有理由，你不是想要孩子嗎？那就在你眼前。

但是，那不是孩子，是玩具。

一樣的。由莉加擁有眞的孩子具備的一切惹人喜愛的特質，你有什麼不滿？

但是，她沒有心。

心是什麼？

是人類才有的精神。

那不過是錯覺。

不是錯覺，我的確有心。

那麼其他人又怎麼樣？你怎麼知道其他人一定有心？

我沒辦法直接知道，但是只要看他們的言行舉止……這孩子也跟普通的孩子一樣會說話、會行動。

啊，是啊。

那麼她不就有心嗎？

「我不知道。」男人出聲喃喃自語，「我不知道。只是我想如果我能接受這孩子，能愛她，我就會變得很幸福。」

男人抱起由莉加。

由莉加粉紅色的臉頰擦到男人的下巴。「爸爸的鬍子，讓人家好痛喔。」「由莉加，對不起。」某種甜美的東西在胸中擴散開來。

女人回來了，她看見男人和由莉加的樣子，瞬間停下了動作。接著，臉上浮現了柔和的微笑。

她張開雙手，擁抱了男人和由莉加。

男人和女人帶著由莉加以及她喜歡的玩偶，搬到了森林中。因爲他們無法在慌慌張張的都會生活中找出任何意義。

時間流逝。

幾乎所有人都放棄了生孩子。當然也還是有堅持生孩子，大費工夫地養育孩子的少數人。他們有時會成爲被嘲笑的對象，得不到任何尊敬。這些人最後消失在人們的口中，被遺忘了。然後，這樣的人就眞的消失了。

沒有孩子的社會出現了，但是看來和以前毫無差別，有著孩子模樣的東西還是開朗地四處跑跳。不，和以前有著明顯的不同，年輕人消失了，只剩下壯年和中年。最後，世界到處都是孩子模樣的玩具和老人。

就算沒有年輕的勞動力，老人的食衣住還是沒有問題。很多人以爲是自己年輕時儲蓄的關係，當然不是這樣。就算再怎麼有錢，也無法獲得沒有生產的東西。讓他們衣食無虞的是，極爲發達的自動機械創造出的財富。

隨著年紀愈來愈大，人和人之間也不再發生關係。老人難以相處，不願意互相接納，也不願意改變，他們只跟自己的「孩子」說話。

世界非常和平、安詳，有著令人心情愉快的靜謐。所有老人都打從內心地感到幸福。

「爸爸，媽媽眞是的，她趁睡覺的時候放開人家的手。」

女孩豎起耳朵，等著爸爸說，「眞是壞媽媽呢。」但是爸爸什麼都沒說。女孩用力抱著小熊，等了十二個小時。這段時間，她當然也一直監視爸爸媽媽的生理反應。可是所有感測器的數值都顯示異常，沒有辦法計算出下一步應該採取什麼行動。

正好過了十二小時之際，時限程式開始動作，「爸爸，沒事吧？」

還是沒有回答。

女孩瞬間停止活動，接著又動了起來，「媽媽、媽媽！爸爸好奇怪喔！趕快來！」

女孩讓感測器作用了三十秒左右，還是無法察覺變化，所以就朝寢室走去。媽媽還在睡。

「媽媽，爸爸沒有回答我！他說不定生病了。」

媽媽沒有回答。她一監視媽媽的臉，果然還是出現異常的數值。女孩又開始等待，但是這次她沒有動也不動地等待十二個小時。因爲短時間內連續進入停止狀態，緊急程式啓動了。

從女孩的身體發出尖銳的警笛聲，還有非常大的聲音說著，「緊急狀態！緊急狀態！」

接著接通了警察的緊急線路，報出了住址，然而沒有任何來自警察的反應。

女孩在十分鐘之內反覆了三次同樣的動作，接著再度沉默。

時鐘砰、砰地報時，女孩再次動了起來。因爲沒有特別設定進入緊急狀態後的手續，因此以時鐘的聲音爲契機，女孩回到了一般模式。

女孩將小熊放到跟今天早上同樣正確的位置，潛到被窩裡，然後像平常一樣地握著媽媽的手。

噗地一聲，手指頭掉下來了。

但是女孩並沒有特別的反應，開始發出安穩的鼻息，睡著了。爲什麼會這樣？因爲設計者並未考慮過使用者會被放置到腐爛的可能性。

所以一定會……

直到爸爸和媽媽的身體消失不見那天前，女孩都會反覆過著和樂如常的一日家庭生活吧。

10

照片

男人看著那張照片，覺得很不解。照片中央是個少女，大約十五、六歲吧。在明亮的陽光中，露出了超級陽光的笑臉，要說她是新人偶像也沒有問題。相對的，背景則略顯暗沉。看起來有點像是某座神社或是寺院的木造建築物的一部分，牆壁是腐朽似的暗褐色，到處都有裂痕。如果只是看起來陰沉，那可能只是因爲少女太過明朗造成的對比效果罷了。這張照片的問題是少女背後的人影。那個人影有些模糊，細節看不清楚，看起來像是躲在少女的頭頂到右邊腰部一帶，只拍到了一半。那是個女人，整張臉毫無生氣，光看就讓人心情惡劣。不，或者該說給人毛骨悚然之感。然而，最讓人覺得不舒服的是，儘管那女人是在少女背後被拍到，但是她看起來卻有少女的兩倍大。

對，這是靈異照片。

男人是照片研究者，在業餘的攝影雜誌寫些簡單的解說和散文之類的文章。其中最受好評的，是鑑定靈異照片的企畫。說是這麼說，不過他根本沒有陰陽眼。雜誌請他以專業人士的身分，以科學方式解釋照片拍到的東西。

但是，這張照片……

正當他陷入沉思的時候，玄關門鈴響了起來。因爲他不住在大都市，所以都是以電話和書信跟編輯聯絡。會來拜訪獨居的他的人，不是來收錢的就是業務員。他不禁嘆了口氣。

但是當門一開，他驚訝地睜大雙眼。門口站著一個帶著耀眼笑容的少女，而且他和這個少女根本不認識，卻不知道爲何感到很懷念。

他察覺之所以感到懷念的理由了。這個少女就是他剛剛看了半天的那張照片上的人。

「妳、妳是那張照片……」男人驚訝到連發出聲音都要花好大一番力氣。

「是的。其實我是跟編輯部聯絡，請他們告訴我地址的……您已經鑑定完那張照片了嗎？」

「咦？啊，現在正在鑑定。」雖然隨便告訴讀者住址是違反規定的，但是男人因爲少女實在太可愛了，所以毫不在意。「對了，既然妳大老遠來這一趟，可以告訴我當時的狀況嗎？」

「好的，我很樂意。」

男人把照片拿給她看。

「這張實在很困難。眞想跟妳借底片，妳還留著嗎？」

少女搖了搖頭。

「是嗎？那就沒辦法了。我能想到的最可能的原因就是雙重曝光，但是這樣的話，妳的前面應該也會拍到幽靈。我用放大鏡看也看不出那個痕跡。……只有這張照片，很難判斷距離，如果這個人物眞的存在，最起碼也有兩公尺半高，再怎麼樣也不可能。」

男人露出困擾的表情，「現場有什麼大張的畫或是巨大的銅像嗎？」

「沒有。但是那人影有可能是畫或銅像嗎？」

「只是確認一下，可能性很低。妳和建築物的焦點是正確的，只有這個人失焦，不可能有這種事情。我也想過可能是合成照之類的，但也沒有這類痕跡。」

「那麼你認爲這是眞正的靈異照片嘍。」少女雙眼發亮。

「這結論下得太早了，這只是一種可能性……」

「這是眞正的靈異照片，我也有證據。」

「證據？什麼證據？」

「看了這張照片的人一定會碰到幽靈。」少女微笑說道。

她在開玩笑嗎？我可不希望碰到這麼可怕的幽靈。

「怎麼可能？」我打算一笑置之。

「眞的。只要看了照片，二十四小時內一定會碰到。」

「就算妳這麼說，也不可能……」

少女的表情變了，「你相信幽靈嗎？」

「不。但是……」

「那麼你今天晚上一定會改變想法。」少女臉上掛著令人毛骨悚然的笑容，離開了。

這是怎麼回事？結果是惡作劇嗎？如果是這樣的話，那還眞是非常花工夫的惡作劇。男人這樣說服自己。

深夜，男人家的門鈴響了起來。他一邊想著該不會……一邊從門上的貓眼窺看外頭的狀況。但是那天不知道爲什麼，玄關燈的狀況很差，只能看到來訪者的影子。

「請問是哪位？」男人戰戰兢兢地問。

「她白天來過了吧？」女人的聲音彷彿是從地底傳出來的，「那麼你應該知道我爲什麼來吧？」

怎麼可能？一定是惡作劇。但是要怎麼樣才能拍到那種照片？爲了確認，就得打開門，可是，萬一……

「怎麼了？你該不會是害怕了吧？」

今天早上的少女一定躲在暗處，如果我因爲害怕不開門的話，之後絕對會被當成傻瓜。

男人打開大門。

「對，沒錯。這人看到我的臉的瞬間，就昏倒了。」女人口氣陰沉地回答急救人員，「我因爲照片拍到奇怪的東西，所以寄給了那本雜誌。但是看了照片的人都會發生奇怪的事情，所以我很擔心地聯絡了編輯部。他們就告訴我這個住址。對，就是這張照片。你們看，我前面有個小小的年輕女孩的幽靈，對吧？」

11

要來塊水果塔嗎？

姊姊：

我有個大消息要告訴妳，我終於跟涼子告白了。妳嚇一跳了嗎？我不知道妳是否發現了，我從以前就很喜歡涼子，就是這樣。我想一定也有人在知道我和涼子的事情後，會說三道四的，但是我不在意。反正他們一定都是些過時的老頑固罷了。

總之，涼子接受了我的告白。我們當然無法結婚，說不定有什麼方法，但我們不想為了形式花太多心思動什麼手腳，所以目前是同居的狀態。我雖然想之後要舉辦結婚典禮，但是要說服思想古板的親戚實在很麻煩，涼子也沒那麼著急，所以今年到明年之內應該都不會辦。我打算再找機會和涼子一起去向大家說明，我想大家或許不會立刻原諒我們，但我有能夠獲得他們理解的自信。因為我們和一般的情侶沒有任何差別。

我都寫到這裡了，姊姊不會反對我們在一起吧？姊姊比我還了解涼子，一定知道她不是一時鬼迷心竅才這麼做的。我們是認眞的，我相信姊姊一定能理解我們的感情。

不，我不該這麼快就下結論。看來是因為跟涼子告白成功，讓我有點得意忘形了。姊姊現在才知道我們在一起，要妳立刻下結論，或許有點困難。不過我們珍惜彼此的心意絕對不是虛假的。萬一姊姊不支持我們，我們也會兩人一起努力的。但是，我們絕對不希望和姊姊的感情變差，因此如果妳無論如何都無法接收我們在一起，請不用客氣，明白地告訴我們。雖然這樣一來，我們眞的就會變得孤立無援了，但我們絕不會後悔。

等妳的好消息。

拓哉

姊姊：

妳沒有回我之前的信呢。我也試著思考妳爲什麼不回信。如果姊姊反對我和涼子同居，在回信之前，應該會來找我們。從姊姊的個性來看，一定會這麼做，所以妳一定也不可能舉雙手贊成我們在一起。我們從小就聽姊姊說，絕對不可以做什麼邪門歪道的事情。妳從以前就討厭旁門左道，絕對不肯聽任何藉口。我當然也是。因此，我可以大聲說，我和涼子的關係絕對不是什麼邪門歪道。姊姊在心底一定也是這麼想的。但是姊姊的心被世間常識包圍了，拒絕接受我們的關係，所以妳決定無視我們。我不生氣妳不願意站在我們這一邊。因爲我知道對姊姊而言，這已經是妳最大的努力了。我反而打從心裡認爲，這是妳消極地同意了我們的關係。

但是，我想說清楚的是，我們不是姊姊的洋娃娃。不可能永遠都照著姊姊的期望行動。不論姊姊怎麼想，我們還是要以自己的意志爲優先。雖然我口氣很差，但是妳一定能了解吧。

那麼，我接下來就報告和涼子的新生活吧。

在這之前，我都沒發現，不過我現在知道涼子非常擅長做甜點。因爲以前都是姊姊負責做甜點，所以我當然不知道。我老實說吧，涼子做甜點的才能比姊姊還高（眞失禮）。不光只有甜美的香味，還有非常獨特的味道。嗯，用文字無法清楚地表現出來那種感覺呢。該怎麼說呢？涼子的甜點充滿了生命力。或許可以這麼說吧，只要吃上一口，一股溫熱就會從口中黏膜擴散到全身。涼子的甜點是活生生的。並且不是像植物那樣安靜的生命，而是像動物那樣激情的生命。她或許是用了特別的雞蛋或是牛奶吧。可是，涼子就是不肯告訴我她用了什麼材料。算了，因爲我也沒打算自己做，無所謂。總而言之，涼子的甜點非常好吃。所以我最近吃正餐的次數減少了，還比較常吃涼子的甜點。不，我老實招認吧，我現在三餐都吃甜點了。我彷彿可以看見姊姊皺起眉頭了。不過，妳不用擔心，我和涼子都非常健康，活蹦亂跳的。身體狀況非常好，皮膚也非常光滑。特別是只要看到涼子那會發亮的桃紅色肌膚，我一天就會好幾次……之後的事情，請妳自行想像。甜點或許有出乎意料的均衡營養呢。

那先這樣。

拓哉

姊姊：

發生有點麻煩的事情了。事情的開端是涼子甜點的味道急遽地變差了，不是變得難吃，而是我感受不到之前那種生命的光輝了。一咬下去就只有砂糖和奶油的味道，簡直像是在吃甜點的屍體。到底是怎麼回事？

我變得頭暈、想吐，而且臉色蒼白，還出現了黑眼圈。每天都會拉肚子，只要一耳鳴就會躺上一整天。

我好幾天前就想寄出這封信，但是就是無法提筆寫信，直到今天才好不容易能動筆。

我這樣還算好，涼子更糟糕。她的嘴唇變得蒼白脫皮，肌膚變成土黃色還有很多小細紋，總是全身發抖，只有雙眼炯炯有神。她開始有著嚴重的口臭，瘦到全身的血管和骨頭都浮現出來了。

我勸變得愈來愈像木乃伊的涼子去看醫生，但是她卻說這個不是病，醫生也沒辦法治療。

如果不是病的話，那又會是什麼？我焦躁地質問涼子，她卻只是緊閉雙唇，完全不肯回答我。

涼子現在每天都躺在床上，一天比一天更衰弱。雖然我不像涼子那麼糟糕，但是我現在身體狀況也非常差，根本無法照顧她。好不容易找到的打工，也因爲我一直曠職而被開除了。所以老實說，我根本也沒有讓涼子看醫生的錢。

姊姊，我想拜託妳。我不是要妳借我們錢，或是來照顧涼子，而是涼子似乎知道自己的身體爲什麼會變成這樣，但是不想告訴我。所以如果妳心裡有底的話，可以告訴我到底是怎麼一回事嗎？姊姊是看著涼子長大的，以前有過這種事情嗎？如果有的話，又是怎麼治好的？只要這樣就行了。

我現在很後悔寫過，我們不是姊姊的洋娃娃這種難聽話，或許我們仍舊需要姊姊，沒有姊姊就活不下去吧。

求求妳，我們現在只能靠妳了。

拓哉

姊姊：

姊姊還是沒回信呢。妳還在為我們離開妳不高興嗎？還是打算處罰我們？算了，怎樣都好，因為已經不需要姊姊告訴我原因了。

我終於從涼子那裡問出來了。這幾天，涼子的狀況愈來愈差，我是在她意識不清時問出來的。

原因果然還是在那些甜點。涼子的甜點味道變得這麼差是因為她拿不到某種材料了。姊姊，請妳不要太驚訝。

那個材料就是血液，而且還是人類的。

涼子從幾年之前，就罹患了重病，似乎是在海外旅行時感染的。我沒有追根究柢，但是她因為某種不想說的原因，沒有去看醫生。當時，她也陷入和現在相同的狀況。在意識不清的時候，有人在她耳邊低語，去喝人血吧，這樣妳就會得救了。

我知道有一些病必須持續輸血，但我從未聽過有必須喝血的病。但是涼子把那個當成最後救命的稻草，她拜託當時交往的男朋友幫她弄到血。結果，他帶著一個裝著紅色液體的古老洋酒瓶來了。涼子無法判斷那究竟是不是人血，但是她相信了。雖然她想用喝的，但是血液的腥臭味讓她喝不下去，所以她想到將血混在甜點裡。不可思議的是，當她這麼一做，腥臭味不只消失，還變成非常好的味道。或許是烤的時候血液變質了，也可能是雞蛋、牛奶這些同樣也是由蛋白質構成的食材和血液非常完美地混合了。對涼子而言，這一切都無所謂。只要吃一次，她的病很快就變好了。不只如此，她比之前變得更爲艷麗、迷人了。不，不光只是變得更美麗，她甚至散發出凡是男人都無法抗拒的女性妖氣。我現在回頭想想，或許當初我就是被她的妖氣所吸引了吧。

病好了之後，涼子就不再做摻血的甜點，結果幾天後又開始生病。是因爲血液沒有根治疾病的力量，只能單純抑制病狀嗎？或者是血液本身有某種慣性？總之，涼子變得沒有人血就活不下去了。

她纏著男人替她弄到血，而男人就會從某處拿到血，同時變得愈來愈衰弱。涼子慎重地使用這些血液，剩下的部分會冷凍保存起來。某天，男人給了她難以置信的大量血液，然後就徹底消失蹤影了。如今，那些血液已經見底了。

涼子不停地衰弱下去了。

拓哉

姊姊：

我開始工作了，我決心要爲涼子努力。

我去俱樂部工作，那裡聚集了大量爲了欲望，雙眼發亮的女人。對，我去當牛郎了。眞難相信，原來這麼簡單就能當牛郎。我現在看起來非常瘦削、蒼白，但是店長或許認爲這是聰明、白皙，總之店長當場就決定用我了。

我以爲來店裡的都是年紀大的有錢女人，其實並非如此。當然有很多中年看似有錢的客人，不過我注意到的是年輕女人。她們讓好幾個牛郎服侍自己，神情恍惚地吃吃喝喝。我完全無法理解，爲什麼年輕女人需要來牛郎店？街上明明到處都有只要是年輕女人就好的男人。我下定決心地問了一個常客這個問題，爲什麼她們即使花大錢，也要到這種地方？

一直來這裡眞的很辛苦呀，頭髮脫色成白色，一臉黑漆漆的女人（只有眼睛和嘴巴周圍塗上了白色，讓我的口中不知道爲什麼有股溫熱的噁心感。）用奇怪的口音回答我，爲了來這裡，我得連續好多天都一直站著打工，不想打工的時候就得當臭死人的老頭子的對象；不論哪一邊都超令人討厭。但是只要一想到能來這裡，我就可以忍耐到最後底線。這世上根本就沒什麼好男人，就算有，也都被其他女人緊緊抓住了。在我身邊的，都是一些蠢蛋。因爲沒錢找女人，才會來找我的王八蛋。或者是以爲我比色情業的女人來得新鮮安全，所以給我錢的白痴。總之這些王八蛋，只會要求我要聽他們的，他以爲他是誰啊？我才不要聽他們的，我想被男人稱讚，被男人服侍。

每個牛郎都很英俊，對女人呵護備置。會當我是女王，會稱讚我。只要被這些優雅、有品味又美麗的牛郎包圍，就可以治癒我爲了來這裡花費的所有苦心。這裡牛郎的荷爾蒙會中和這個世上到處都是的蠢男人臭味。因爲我是和這間俱樂部最相稱、最有資格來這裡的女人啊。

笨女人，她根本沒發現自己和她瞧不起的那些愚蠢老頭是一樣的。

所有牛郎互相交換了令人厭惡，而且銳利的眼神。煽動這些傻瓜，榨取更多金錢吧。

是啊，這世上的普通男人是沒辦法理解妳的眞正價値啊。和那些傢伙交往，眞的是「對牛彈琴」，太浪費了。妳最適合奢華的舉止了。對錢斤斤計較，一點都不像妳。來吧，今晚一起來慶祝吧，今天是値得紀念的日子，因爲妳終於發現了眞實的自己。以甜美的美酒來慶祝吧。

牛郎之間是不會互相幫助的，他們總是虎視眈眈著把敵人踩下去的機會。就算對客人來說是玩樂，對所有牛郎而言，可是貨眞價實的戰爭。所有人都拚命地讓客人指名自己、帶自己上班，甚至毫不在意地扯別人後腿。我當然不會加入這場戰爭，因爲對我來說，錢不是那麼重要，只要能養活我和涼子就行了。一些牛郎看到我這樣，都嘲笑我是狀況外的鄉巴佬，不過大部分的牛郎，都說我是他們在敵人當中唯一能夠沒有壓力往來的對象，頗爲稱讚我。我最近開始有了自信，我想我一定能好好地做下去。

拓哉

姊姊：

我今天仔細地告訴妳我的牛郎生活吧。

來店裡的女人中會有一些人公然要求和牛郎發生關係。店方會默認——甚至鼓勵，因爲這是要綁住有錢客人最快的方法。但是會逼迫牛郎的客人，不見得都是有錢客人。也有雖然渴望戀愛，但是不想付錢的客人。不用說，這種客人對店裡、對牛郎來說，都是最麻煩的存在。

我就是要這樣的女人。

這樣的女人每天都會來店裡，可是就算指名了想要的牛郎，對方也一直不過去她那裡。就算去了，屁股還沒坐熱就離開了。她們只點一杯酒，卻坐上好幾個小時，流著口水地盯著想要的牛郎看——我會去坐在她們身邊。一開始她們還是會被喜歡的牛郎奪去注意力，久了之後就會開始對我敞開心房。沒有人想要理會沒錢的客人，所以也不會有人來打擾我們。

在店裡往來了一陣子後，我們會開始在外頭見面。其他牛郎爲了讓客人來店裡，幾乎不在店外和客人見面，就算眞要見面，也是要對方帶自己上班。但是，我不會那樣做。一開始幾次只是普通的約會，然後會上飯店。女人認爲我不是要她的錢，會開始妄想我對她有感情，所以會很輕易地就跟來了。

我根本不願意和涼子以外的女人發生關係。不過爲了製造氣氛，我也會和她接吻。接著我會從包包中，取出繩子。有人會眼睛一亮，全身發熱，也有人會嚴詞拒絕，不過不管哪一種反應，我都無所謂。因爲就算討厭，只要我稍微露出生氣的表情，對方就會自己反過來說，如果不是太激烈，那做一下也無妨。

我將女人綁在椅子上，讓她帶上口枷，然後以刀子割傷她的手腕。她們雖然會嚇一跳，但是也不會太在意。甚至還有人會誤會狀況，開心得不得了。我用準備好的塑膠容器壓住女人的肌膚，讓血液流進去。量並不多，一公升不到。等到容器滿了，我就會在她的手腕貼上ok繃後，放她離開。大部分的女人逃走後，就再也不跟我見面，當然也不再來店裡。其中也會有人跟我見了兩、三次，但是沒有任何人跟我見到第四次。

只要我一帶血回去，現在已經完全恢復正常的涼子會非常開心。她會做馬卡龍、冰沙、布丁、泡芙——還有其他各式各樣的甜點給我吃。這些甜點中，我最喜歡的是水果塔。

涼子會小心加熱預先從冰箱拿出來解凍的奶油，加入砂糖後，再加入大量的血液和麵粉仔細混合。一開始是水狀的，在混合的過程中漸漸開始變黏，會畫出美麗的深粉紅色的線條。涼子將做好的派皮放在冰箱中一陣子後，開始押型。這時候房間裡還會飄蕩著腥臭的味道，但是和那些女人的腥臭味完全不同，我一點也不會覺得不舒服。血液從體內出來的瞬間是很乾淨的嗎？這麼說來，那些女人雖然通通又臭又醜，但是血液的顏色卻非常美麗。涼子會在派皮上放上加入了血液、砂糖和香草精的奶油，放入烤箱烘烤。最後放上很多打發的鮮奶油和水果就完成了。

放入這麼多血，妳一定以爲會是很濃厚的味道吧？意外地相當清爽。甚至可以說，替單調的烘培甜點加上了額外的味道，我從不知道帶著鐵鏽的口味居然和奶油如此搭配。顏色也非常漂亮，我剛剛也寫了，在烤之前，是很深的粉紅色。烤完後就變成充滿深度的深褐色，那是光看一眼，鼻中就會充滿香味的令人感動的顏色。這個水果塔一定要和上頭的水果還有派皮一起吃才行。咬下水果時，溢出來的汁液會融化派皮中的血液。那一瞬間，生命力會立刻甦醒，我可以清楚地感受到，那股生命力滾滾流入了我的血管。

當我力量恢復的同時，涼子妖豔的美麗則更勝以往。我們吃完甜點後，會被絕頂的幸福包圍，深深地愛著對方。我們沒有什麼好怕的了。

拓哉

姊姊：

要不要讀這封信是姊姊的自由。不論妳怎麼做，我都不會恨妳。所以，姊姊請妳不要在意，就照妳的想法行動吧。

我不停地從那些女人身上收集血液。女人不停出現，接二連三地為我和涼子獻上自己的血液。

到了最近，就算是生的血液也沒關係了。涼子會將血液混在白酒內，讓酒變成玫瑰色，或是放到冷凍庫後製成冰沙，代替糖漿淋在布丁上。

因為愈來愈需要血，所以我狩獵女人的週期也變得愈來愈短，我有點焦躁起來了。雖然女人是要多少有多少，但是我採集的血液幾乎一天就用完了。我基本上是在白天找俱樂部的客人出來，可是一天要採集兩個女人血液相當困難。然而，我們消費的血量卻日益增加，涼子和我只要一天沒吃有血液的甜點就會煩躁不安。有時候，我會赫然發現自己咬破手掌，大口地吸血。

所以那時候我才會不得已用了那麼貪心的方法。

那時，我一如往常地採集女人的血液，但是不知道爲什麼女人的出血狀況很糟糕。她的血液循環大概很差吧。女人臉色發青，血液更是出不來。這樣的話，連一人份的甜點都沒辦法做，我終於發了脾氣。

當我發現時，我在女人脖子上製造出了比意料之中更深的傷口。女人發狂地要解開捆綁，血液不停地流出，流出了容器外。我把浴室裡所有的毛巾和浴巾和拿了出來，讓它們吸滿了血，它們迅速地被染成美麗的紅色。我等到毛巾變得濕答答之後，就塞到包包裡，幸好是塑膠製的，所以幾乎沒有滲出來。

最後女人終於安靜了。因爲血流狀況很差，所以我用刀子再挖開了傷口，結果只再流出一點點的血液。女人呻吟了起來。我用力地拿刀子狠狠地刺下去，深度連自己都嚇了一跳，然後挖了傷口裡的肉。已經不再出血了，女人雙眼圓睜，直直地盯著我，半開的口中垂著白色的舌頭。

我楞楞地低頭看著女人的身體一陣子之後，抱著沉重的包包離開了飯店。我再也回不去了。

拓哉

收到最後的一封信的一年後，我接到了警方的聯絡。我將拓哉的信全都交了出去，過了不久，兩名刑警前來拜訪我。

「非常謝謝您的協助。」年長的刑警向我行了個禮，「這樣一來調查也能有所進展了吧……我雖然很想這麼說，其實我們還是沒什麼頭緒。」他誇張地攤了攤手，「這個嘛。房間裡有一封給您的信，我想應該是拓哉最後的信了。您要看嗎？」

「好的。」

年輕刑警將裝在塑膠袋裡的信遞給我。

「因爲這還算是證物，所以必須等到調查結束後才能給您，所以麻煩您現在看。」

信上有一半覆蓋著茶色的痕跡。

姊姊：

我和涼子在那之後一直躲在房間裡。我們有很多奶油、麵粉、生奶油、巧克力和水果，可是血液已經用完了。染紅了毛巾的血液有著一種奇怪的臭味——大概是洗衣粉的——根本就不能吃。

沒有血液的甜點吃起來就像吃泥沙一樣，我第一次知道普通的甜點原來這麼難吃。一開始我硬逼自己吃下去，卻只要一吃就會反覆地嚴重嘔吐，最後反而會消耗體力，所以我不再吃了。

涼子則是一開始就不吃，她可能知道反正終究不能吃吧。她體重掉了一半，乳房像是老太婆般地下垂，只要開口說話，牙齒就會接二連三地從發皺的嘴中掉出來。她的指甲不見了，從指尖滴滴答答地滴著汙濁的膿血（我和涼子會貪婪地啜著那些膿血。）雙眼發黃混濁，沒有頭髮的頭皮長出了無數像火山口的紅疹。

我建議涼子採集動物的血液試試看，但是她拒絕了。她說用動物血液做的甜點根本不能吃。沒那回事，我拚命地反駁她，那些女人也是又醜又臭又髒，但血液不是很乾淨嗎？涼子的生命顯然碰上了很大的危機。她堅持不是人血就不行，因爲當年在她耳邊的聲音清楚地說了「人類的血」。就算我拿了動物的血來，她也絕對不會動手做甜點。

不久後，我的狀況也變糟了，我幾乎整天昏睡。被我採集了血液的女人開始出現在房裡，當我試著掬起從她們皮膚上滴滴答答地流下的血液時，她們瞬間就消失了。之後我只不斷聽到不知是嘲笑還是怨恨的話語。

涼子最後只剩下兩顆上排的犬牙。雖然意識朦朧，仍舊試著咬我的脖子，但是她已經連咬破皮膚的力氣都沒有了。我感到很哀傷，緊緊地抱住她。她的身體只要一被擠壓，膿包就會破裂。我想割傷自己的手腕，讓涼子可以吸血，卻因爲無法施力，只留下淺淺的擦傷。

我在廚房找了半天，發現了切肉刀。我想這個這麼重，如果用力揮下的話，應該可以有很深的傷口吧。我準備好大碗，從手腕上揮下了切肉刀。發出了鈍重的聲音，我的手腕砰的一聲飛到了房間角落。血液像轉開水龍頭似的從我的手腕中流出，我用大碗接住了血。涼子露出犬牙笑了，我也笑了起來。血液積了起來，血液變黑了，房間變黑了，我變得好舒服。血液從碗中溢了出來，我耳朵聽不見了，體中的力量流失了。我倒在地上，頭狠狠地撞到地板，我不覺得痛。血液流到地板上。涼子她

「房間中有拓哉的屍體嗎？」我問。

「沒有。」刑警回答，「但是發現了一部分的人體。我們在床鋪的陰影中發現了手腕。關於這一點，之後可以讓我們在醫院採集您的血液嗎？只要鑑定DNA就可以確定這不是您家人的手腕了。此外，我們已經確認房間中的大量血液和手腕的DNA一致。」

我點點頭。

「您妹妹現在仍舊行蹤不明。」刑警皺起了眉頭，「您一定很擔心吧？」

「涼子是老么，所以是被寵大的。有時候會有一些破天荒的行動，但是沒想到會發生這種事……」我掩住臉孔。

「我們調查了您收到的信裡面寫的事情。」年輕刑警說道，「那間俱樂部的確存在。我們問過了店裡的牛郎，眾人對拓哉的印象和本人分析的幾乎相同。不過他們也說他給人一種不舒服的感覺，總是講著摻了人血的甜點的事情。而且不論什麼客人，他都會向對方提議在店外見面，但是大部分的情況下，客人都覺得很恐怖，而不答應。」

「你們發現被害者了嗎？」

「首先，關於被採集血液的女性，沒有人去報警。如果女性覺得這是一種性愛遊戲的話，傷害罪很難成立。再來是被割了脖子的女性，其實這幾個月內的確有幾件女性在飯店內被殺害的案件。我們仍在調查有沒有符合信上內容的案件。只是，我們懷疑是否真的有殺人案件。」年長的刑警說道。

「什麼意思？」

「首先，能夠證明拓哉信上所言爲眞的證據非常薄弱。他在信上已經寫了很多謊話。退一百步來說，就算信上所說的是眞的，也沒有被害女性的確死亡的證據。信上寫的只是女性動也不動而已。」

我驚訝地抬起臉，「這樣說來，有可能無罪嗎？」

「別說無罪，現在就連是否眞有什麼犯罪行爲都無法確定。管理人因爲好幾個月都沒看到房客，覺得有問題。進房一看，發現地板上有著整片的血跡，調查後發現了一部分人體，只是這樣而已。因此，意外、犯罪案件都有可能。更重要的是，因爲沒有發現任何屍體，要以殺人案立案相當困難。」年長的刑警露出了不好意思的表情。

「小姐，請不用擔心。」年輕刑警微笑說道，「我們對這種案件已經很習慣，警部只是有點誇張罷了。而且萬一眞有什麼的話，委託私家偵探也行啊。對吧，警部。」

「喂，西中島！那種事情怎麼能亂說，萬一被誤會的話該怎麼辦？」年長的刑警重新轉向我，「對了，您沒聽過『拓哉』這個名字嗎？」

「對，所以我一直以爲是惡作劇，因爲我根本沒有叫『拓哉』的弟弟。」

「不，叫您『姊姊』並不是什麼開玩笑。」年長的刑警嘆了口氣，「『拓哉』是涼子小姐在那家俱樂部的花名。您妹妹在女扮男裝接待女性客人的店裡工作。」

兩名刑警離開後，我才鬆了一口氣，回到在裡面房間睡覺的涼子身邊。雖然我擔心萬一被發現怎麼辦，緊張得不得了，不過看來是我杞人憂天了。刑警完全沒有懷疑我。

涼子依然沉睡著。我雖然想叫醒她，不過還是算了。生病的時候，還是盡量讓她好好睡比較好吧。

我摸著涼子的臉頰，好可憐，居然瘦成這樣……

我們的父母，在我們還小時就去世了，我們代替他們成爲彼此的父母。我們是姊妹、是好友、是同志，也是戀人。我經常做甜點給涼子吃，她最喜歡我做的水果塔，就算吃得滿嘴都是也不在意，還是拚命吃。當涼子長大成人的那天，她離開我了。似乎是某人告訴涼子，不能再持續這樣的生活，這只是互相依賴的不正常關係。我從那天起每天都祈求著涼子回到我身邊，獨自哭泣著入睡。

有一天，涼子突然來信了。內容非常奇怪，她叫自己拓哉，開始講起和涼子的戀愛故事。我一開始以爲是什麼惡作劇，難道是要嘲笑渴望著涼子的我嗎？還是眞的要騙我？要讓我嫉妒？但是僞裝成拓哉的同時，又叫我姊姊，不是太蠢了嗎？

我決定無視那封信，這樣一來每封信的激烈程度都不斷升高。我認爲那是催促我回信的方法，所以更是故意不回。最後內容變得很恐怖，然後就突然不再寄來了。

收到最後一封信的半年後，我坐立難安地去到了涼子的住處。

涼子生了非常嚴重的病，她變得又乾又小，全身各處都要融化了，身體的下部甚至還生了黴菌。我把涼子帶了出來，若是讓她就這樣待在房裡，有天就會被誤認爲屍體。涼子的生命跡象非常微弱，如果不是我這個姊姊，大概沒有人會發現吧。涼子因爲生病變得很輕，很輕易就可以帶出來，可憐的是，她有隻手腕不見了。

我拚命地照顧涼子，但是她毫無好轉的跡象，就連那麼喜歡的甜點都吐了出來。爲什麼涼子不肯接受我呢？我每天都睡在涼子身邊，心焦不已。

然後在向警方提出信件的前一晚，我重讀了涼子的來信，這才終於發現，涼子並不是要嘲弄我，她是訴說自己的期望。她一直吃著我做給她的甜點，內心那個希望能做甜點給我吃的願望日漸膨脹；而那個甜點必須很特別，必須是最適合血緣相連的我們的血的甜點。

我決心繼續涼子的夢想。

我馬上就找到妳工作過的店了。老闆看到我時，非常驚訝，因爲我和妳幾乎一模一樣。我買了男裝，剪短頭髮，將自己曬黑，把眉毛畫粗。練習讓聲音聽起來很粗的說話方法，讓身體看起來更高大的各種舉動。我今天晚上開始成爲拓哉。如果拓哉是妳理想的戀人，那麼我必須成爲他。因爲妳希望我成爲拓哉呢，所以妳才會故意裝成反抗我的樣子，來吸引我的注意。涼子還眞是不坦率呢。我已經知道妳沒有我是不行的。我今天晚上會做好吃的甜點給妳，這樣妳的病就會好了。沒關係，妳已經告訴我要怎麼收集材料了。要先做什麼好呢？妳最想吃的也可以。對了……

水果塔怎麼樣呢？

恠04/腦髓工廠

原著書名/脳髄工場
翻　譯/張筱森
原出版者/角川書店
作　者/小林泰三
編輯總監/劉麗真
責任編輯/張麗嫺
特約編輯/陳亭妤
總 經 理/陳逸瑛
榮譽社長/詹宏志
發 行 人/涂玉雲
出 版 社/獨步文化
城邦文化事業股份有限公司
104台北市中山區民生東路二段141號5樓
電話：(02) 2500-7696　傳眞：(02) 2500-1967
發　行/英屬蓋曼群島商家庭傳媒股份有限公司
城邦分公司
104台北市中山區民生東路二段141號2樓
網址/www.cite.com.tw
讀者服務專線/(02) 2500-7718；2500-7719
服務時間/週一至週五：09：30～12：00　13：30～17：00
24小時傳眞服務/(02) 2500-1900；2500-1991
讀者服務信箱E-mail/service@readingclub.com.tw
劃撥帳號/19863813
戶名/書虫股份有限公司
香港發行所/城邦（香港）出版集團有限公司
香港灣仔駱克道193號號1樓東超商業中心
電話/(852) 2508-6231　傳眞/(852) 2578-9337
E-mail/hkcite@biznetvigator.com
馬新發行所/城邦（馬新）出版集團
Cite (M) Sdn Bhd
41, Jalan Radin Anum, Bandar Baru Sri Petaling,
57000 Kuala Lumpur, Malaysia.
Tel: (603) 90578822
Fax:(603) 90576622
email:cite@cite.com.my
封面設計/蕭旭芳
印　刷/前進彩藝有限公司
排　版/陳瑜安
●2012（民101）10月初版
●2022（民111）9月二版
售價340元

ISBN 978-626-7073-76-6

國家圖書館出版品預行編目（CIP）資料

腦髓工廠 / 小林泰三著；張筱森譯．--二版．
-- 臺北市：獨步文化，城邦文化事業股份有限公司出版：英屬蓋曼群島商家庭傳媒股份有限公司城邦分公司發行，民111.09
面；公分．--（恠；4）
譯自：脳髄工場
ISBN 978-626-7073-76-6（平裝）
861.57　　111011096